通識課程叢刊

潘麗珠詞學研討之完形理論篇

潘麗珠　主編／審閱

潘麗珠、陳俊霖、林慶彥、謝茵、陳鼎崴　合著

序言

　　一一〇學年的第二學期，筆者於臺灣師範大學國文學系博碩班，開設「詞學研討」這門課，除了依循過往課程慣例，指定閱讀數篇詞學研究論文，以之「借鑑」、「指瑕」，進行討論之外，課程內容核心在於：以德國格式塔心理學派的「完形理論」詮解五代、兩宋詞作的意象構成及其系統。對此，同學們聽得興味盎然、津津有味，課室的氛圍頗為美好。由於學生們的態度認真，學習用心，觸動筆者帶領學生撰寫論文出版專書的想法。

　　而這是繼新學林出版社《格式塔理論融入古典詩意象分析之探索》一書之後，第二本運用西方「完形理論」探析「詩歌意象系統」直接相關的論著嘗試。

　　成書的過程，個人深覺甘苦相依。雖然操作方式係筆者先行撰稿以為範例，課堂詳細講解說明，學生隨之尋篇仿擬，但或許期末課業壓力重大、時間仍屬緊迫，學生所繳交來的初稿，非但文筆風格調性不一（這在意料之中），甚且遣詞用字，文句邏輯、列舉說明、行文體例，仍有許多必須整合統一、加以斟酌之處。畢竟陳俊霖、林慶彥、謝茵、陳鼎崴諸位賢棣，其撰寫學術論文的經驗尚淺，若是指出問題，交由他們自行修改，傳回來的文章未必能夠盡如己意，仍得再加修改的可能性極大，於是筆者決定一開始便逕由初稿改起。

　　今年暑假，常有的審查工作、例行的運動和閱讀寫作之餘，此

書篇章的修改即是生活重心。面對書稿，處理的過程中，神經繃緊，滿眼金星，偶或夜眠不穩，與宜蘭三星大洲的天光雲影、好山好水，形成了很好的苦樂相濟，令生活備有滋味。尤其成果逐漸清明可見之際，出版日期確定之時，雖不能說滿意，但心中的快意、安慰，頓覺一切皆為值得！相信諸位賢棣見到成書也會歡喜。

　　此書出版，幸賴萬卷樓梁錦興董事長、張晏瑞總編輯之玉成，又得兩位匿名審查教授之辛苦審查，使成書得以更為美好的面對讀者，由衷感謝！是為序。

潘麗珠

二〇二二年十一月寫於大洲桃花源

目次

「完形理論」融入李清照
〈永遇樂・落日熔金〉
意象系統析探

潘麗珠
臺灣師範大學國文學系教授

摘要

本文旨在以德國格式塔學派（Gestalt theorie）的「完形理論」（Gestalt Theory），析探兩宋之際的女詞人李清照詞作〈永遇樂・落日熔金〉之意象系統。完形理論又稱「格式塔理論」，其組織法則（Law of Organization）的邏輯脈絡，與我國古典詩詞中的意象理論有許多可以相互發明、支援並有效說明之處，特別是人的大腦運作，如何發揮想像力，此想像力足以繫連詩詞「意象說」的系統構成，使得詞作的意象與意象之間，彼此關係存在著一定的理路，此理路有法則可以分析。本文正是經由「完形理論」的組織法則融入〈永遇樂・落日熔金〉的分析說明，俾使此篇傑作的意象系統之運作，可以更加清楚且有條理的展現在吾人眼前。

關鍵詞：李清照、永遇樂、完形法則、格式塔理論、意象

一 前言

　　李清照（1084-1155），號易安居士，山東歷城（今山東省濟南章丘）人。宋代（南北宋之交）女詞人，婉約詞派的傑出代表，有「千古第一才女」之稱。所填詞作，前期多描寫悠閒生活，風格恬適，讀來相對愉悅；後期多悲嘆輾轉身世，情調淒美、讀來相對感傷。寫作藝術上擅長運用白描手法，自闢蹊徑，語言清麗、融俗入雅。她論詞主張協和音律，崇尚典雅，提出詞「別是一家」之說，反對以作詩文之法填詞。亦能詩，但留存不多，部分篇章感時詠史，情辭慷慨，與其詞風頗不相同。著有《易安居士文集》、《易安詞》，惜已散佚。後人有《漱玉詞》輯本，今有《李清照集校注》行世[1]。

　　〈永遇樂·落日熔金〉這一闋長調詞作，原文[2]如下：

> 落日熔（一作「鎔」）金，暮雲合璧，人在何處。染柳煙濃，吹梅笛怨，春意知幾許。元宵佳節，融和天氣，次第豈無風雨。來相召、香車寶馬，謝他酒朋詩侶。
> 中州盛日，閨門多暇，記得偏重三五。鋪翠冠兒，撚金雪柳，簇帶爭濟楚。如今憔悴，風鬟霜鬢，怕見夜間出去。不如向、簾兒底下，聽人笑語。

1　〔宋〕李清照著，王學初校注：《李清照集校注》（臺北：漢京文化出版公司，1984年6月）（按：王學初，字仲聞，浙江海寧人。王國維之子）。

2　引自「中國哲學書電子化計劃」《李清照集校注》，295-301。網址：https://ctext.org/wiki.pl?if=gb&chapter=242993#p296（瀏覽日期：2022年3月26日）。

這是李清照晚年避難江南時的作品，寫她某一年在元宵節的感受。寫作地點在臨安（今浙江杭州），時間約在宋高宗紹興二十年（1150）間（一說是紹興十七年，1147）。詞中描寫了北宋都城汴京（今河南開封）和南宋京城臨安元宵節的光景，藉以抒發自己的故國之思，並隱晦地表現了對當政者偏安心態的遺憾。上片寫元宵節寓居異鄉的悲涼，以客觀現實的節日歡慶對比主觀意緒的悵然淒清；下片著重於南渡前汴京元宵節的歡樂情景，與眼前的自我寥落相互映襯；造語平易而融俗成雅，無一字言哀卻哀情溢於言表，含蓄委婉地表達了內心深沉的悲痛，正是「以樂（麗）景寫哀情」的典範，堪稱大家之筆！

　　本文以此篇長調詞作之意象構成系統為例，融入格式塔心理學派「完形理論」的組織法則，由圖像而文意，由完形理論組織法則之分析而牢籠全篇，俾使研究主體的客觀系統分析得以發揮作用，進而有助於掌握〈永遇樂・落日熔金〉詞作意象系統的構成原理及整體性。

二　格式塔心理學派的完形理論提要

　　有關德國格式塔心理學派的相關資訊，可參見筆者主編並參與書寫之《格式塔理論融入古典詩意象分析之探索》一書。[3]也可以參考權威網站「MBA智庫・百科」有關「格式塔心理學理論」的概

3　潘麗珠主編：《格式塔理論融入古典詩意象分析之探索》（臺北市：新學林出版社，2014年5月），頁03-05。

述。[4]在格式塔心理學的構成中，有四個重要基礎：整體性（Emergence）、具體化（Reification）、組織性（Multistability）、恆長性（Invariance），這四個基礎是人類視覺的特性，也就是說，它是人類大腦促使視覺運作的一種慣性，是天生或演化而來的。[5]吾人若瞭解了這四種基礎，也就能解釋大部分的視覺情境，這一點，與吾人閱讀古典詩詞篇章時，以想像力建構詩詞中的空間畫面感，息息相關，換句話說，此「四個基礎」的理論，得以讓研究者找到「何以如此」的解釋依據。

所謂「整體性」，就是當吾人要分辨一件事物時，吾人之眼會試圖找出輪廓，然後在腦中比對過去的記憶，便能快捷的分辨出事物，此便是人類視覺的整體性。「具體化」，當視覺受到刺激，同步的會對周遭環境的空間，產生訊息解讀，大腦會自動填補缺失的空隙，並創造出一個相對完整的訊息以理解觀察到的事物。「組織性」，假使一件事物有兩種以上的解釋，大腦的運作在同一個時間點只能提供一種解讀方式，儘管吾人的視覺允許在不同的解讀之間游移，卻無法同一時間「看到」兩種以上的解讀方式。不過，大腦仍可以將之組織在一起，形成解讀上所謂的「多義性」。「恆長性」，人類視覺的至大優勢便是恆長性，無論事物如何變形、放大、縮小、旋轉，吾人依然能夠透過觀察對象的輪廓或特徵，來判斷此事物為何。

視覺印象之所以能夠如此運作，得力於吾人想像力之運作法

---

4 檢索網址：https://wiki.mbalib.com/zh-tw/格式塔心理學理論。（瀏覽日期：2022年3月28日）

5 參見「vide創誌──看見創新設計」網站〈視覺法則──格式塔理論的四個基礎〉一文，網址：https://vide.hpx.tw/1823。（瀏覽日期：2022年3月28日）

則，包括：「圖形／背景法則、臨近法則、簡潔法則、相似法則、閉合法則、連續法則、對稱法則」[6]等。例如來到一個表演舞臺場景，一眼被看到的是出色的表演者，其他人自動模糊成背景，這便是「圖形／背景法則」；臨近的時間或被放置的空間接近，在視覺心理上很容易被視為一個整體，這便是「臨近法則」；吾人的思維能夠去蕪存菁，能夠自動棄除多種複雜性的干擾，抓住最簡單或本質性的內容，此為思維力的展現，也是掌握模式的力量，這便是「簡潔法則」；相互類似的個體，例如顏色相近、大小類似的圖形或屬性可歸為同一類的對象，也容易被視為一個系統，這便是「相似法則」；有缺口的圓形依舊被視為圓形，欠缺四個角的上下左右四條直線依舊會被視為四方形，此為大腦運作傾向於聚合成形，這便是「閉合法則」；視覺接受刺激，能彼此連續成為圖形者，即使其間跳躍、無連續關係，大腦也傾向於組合一起使成為一個整體，這便是「連續法則」；吾人經常將左右、遠近、高下、動靜、輕重、濃淡……具對稱性的事物串聯一起，視為有關聯的整體，這便是「對稱法則」。

　　以上這些大腦運作的視覺印象法則，是不學而能的，甚或可以理解為與我們傳統有關的「文化基因」，從吾人出生開始，到成長、茁壯，周遭的環境、氛圍，以及吾人骨血中存在的文化因子，在在有形無形的讓我們知道並在大腦中儲存記憶：有右就有左，有上就有下，有遠就有近，有輕就有重……，這些相互對稱的現象或概念，時時環繞著我們，成為源古至今的基因底蘊；主體凸顯，背

6　示例與更仔細的多方說明，詳參潘麗珠主編：《格式塔理論融入古典詩意象分析之探索》一書。

景自動模糊，不需他人告知，正常人自然體現，就像蒞臨一個聚會場合，吾人只看到自己要找的對象，其他人自動退位成為背景，此為圖形／背景法則在發揮力量；瑣碎、繁雜的事件，吾人可以從中歸納條理或予以分類，如此有助也方便於增強記憶，此為相似或臨近法則的威力；吾人憑藉一些線索，有可能推理出事情的來龍去脈，此為連續或閉合法則在運作；閱讀一篇文章，吾人或多或少可以掌握一些關鍵字詞，此為簡潔法則居間起了作用。這些與大腦能力運作有關的法則，常人若是不察，或是彷彿不具備此等能力，並非能力不存在，而是缺乏提醒，能力未加以應用，久而久之便退化彷彿不能，實則再加以訓練即可熟練，進而生巧，這是人類大腦神經樹狀突的恩賜。多讀詩詞，多運用想像力組構詩詞文句的畫面，大腦神經樹狀突多受刺激，視覺印象法則在無形中被運用，法則運作的力量越加強大，吾人的思維力、理解力、組合力、感覺力、想像力、記憶力、創造力便會越發增強，於個人而言，正是「詩性智慧」（poetic wisdom）[7]的彰顯展現。

　　易言之，能力不是不存在，而是被遺忘。吾人如果能夠覺知、醒悟，給予、增加自我訓練的機會，能力就會因為大腦神經樹狀突的重新連結，繼而巨壯，然後恢復。進一步說，這些大腦運作的視

7　「詩性智慧」是義大利思想家、歷史學家維柯（Giambattista Vico, 1668-1744）在其著作《新科學》（*The New Science*）中所主張。在維柯看來，所謂「智慧」並不僅是某種求知的活動，而是一種科學與藝術的統一；「詩性」則是指原始人類由於缺乏充足的理性而本身所具有的強盛的感覺力和生動的想像力。……人類最初「只感觸而不感覺，接著用一種迷惑而激動的精神去感覺，最後才以一顆清醒的心靈去反思」。這是一種類似於詩人般的智慧。以上，引自「中國社科網」〈維柯的詩性智慧與歷史〉，網址：https://read01.com/7RQ80P.html。（瀏覽日期：2022年4月3日）

覺印象法則，也就是完形理論的奠基所在：整體性、具體化、組織性、恆久性。

詩歌文學的意象理論，因為「象」的緣故，與詩詞文句中「空間畫面感」關係密切，是以格式塔心理學派之「完形理論」的視覺印象法則和四個基礎，極為合適用以繫聯、解說空間或畫面彼此與彼此間的構成原理與運作法則。以下，先針對李清照〈永遇樂・落日熔金〉原典，加以鑑賞；進而以「完形理論」融入此篇詞作之意象系統分析，進行探索。

三 〈永遇樂・落日熔金〉詮賞與後人評論

（一）原典詮賞

這闋詞是李清照南渡以後，晚年藉由元宵節傷今追昔之作。

詞的上片，寫此際元宵佳節寓居異鄉臨安對景傷情的悲涼，著重在對比客觀現實的歡快和她主觀心情的淒清。起始二句「落日熔金，暮雲合璧」，重彩抹色寫晚晴的輝煌，正是人們歡度節日的好天氣，意境典雅、開闊，色彩瑰奇、絢麗，卻緊接「人在何處」四字，筆調一轉，點出自己的悵惘：飄泊異鄉，鄉關何處？親愛的家人又在哪裡呢？與前兩句所描繪的吉日良辰，形成了鮮明的對照。（這裡的「人」，有的評論者認為指李清照自己，也有的認為指所懷念的親人。從文意上看，兩者兼指，意涵更為豐富，既可指作者自己，也可指摯愛的親人。）

前三句寫當時的天氣，次三句寫當時的季節，「染柳煙濃，吹

梅笛怨[8]」，點出時令是初春。前者從視覺上著眼，寫早春時節初生細柳被淡煙籠罩，形成一種朦朧、一種恍惚；後者從聽覺上著墨，通過〈梅花落〉笛聲傳來的哀怨曲調，令人聯想「砌下落梅如雪亂」[9]的初春景色。本是四處湧動著春天的消息、景色怡人之際，但在詞人看來，卻是「春意知幾許」，「春」既指現實中的「春天」，也指過往歲月的「青春」，詞人的茫然：春天是在眼前的吧？青春又在哪兒呢？此三句的「開闔」（前兩句「開」，後一句「闔」）筆法，又形成了文氣句勢的高低迭宕。

雖說「元宵佳節」、「融和天氣」，可是從南渡以來國事的變化、身世的輾轉，逼使詞人產生了「物是人非」、「好景不常」的飄搖感，所以緊接著立即指出「次第豈無風雨」的可能，俗諺云：「春天晚娘臉。」在詞人立身的現實環境中，誰能料到天氣不會驟然變化？況且，「風雨」暗喻波折，在淡淡的春意中又滲進了濃濃的隱憂：依據詞人的親身經歷，人生道路上的這會兒或那會兒，有誰能夠保證「豈無風雨」呢？

上片的前三個小節（三句為一小節），句組結構相似，都是兩個四字句實寫，寫客觀景色之佳，緊接著一個帶有迷茫的問句，反襯出主觀恍兮惚兮的悵然，刻畫著詞人的衷心：身逢佳節，天氣雖好，卻無心賞玩。因此，雖有「酒朋詩侶」以「香車寶馬」來相邀去觀燈猜謎賞月，也只得婉言辭謝了。表面上的理由是怕遇「風

---

8 指哀怨的採何者笛曲，屬樂府橫吹曲調，相傳為〔西漢〕李延年（？-約西元前90年）所作。自魏晉南北朝以來，歷經唐宋元明清，始終流傳。李白（字太白，號青蓮居士，西元701-762年）〈黃鶴樓聞笛〉：「黃鶴樓中吹玉笛，江城五月落梅花」詩句，即是指採何者曲調。

9 出自李煜（字重光，徐州彭城人，南唐末代君主。西元937-978年）〈清平樂·別來春半〉。

雨」，骨子裡是國難之憂未減，早已失去了遊玩的心情。如果是在太平盛世的當年，情況就大不相同了。如此這般，詞人自然而然的跌入當年汴京歡度節日的沉沉回憶裡⋯⋯

詞的下片，著重於以作者南渡前在汴京過元宵節的歡樂心情，對照映襯了當前的淒清心緒。「中州」指北宋都城汴京，即今河南開封；「三五」，指正月十五日，即元宵節，正是所謂「盛日」。彼時宋王朝為了點綴太平，在元宵節極盡鋪張之能事。據《大宋宣和遺事》[10]記載，「從臘月初一直點燈到正月十六日」，真是「家家燈火，處處管弦」。其中提到宣和六年正月十四夜的景象：「京師民有似雲浪，盡頭上帶著⋯⋯，直到鰲山看燈。」孟元老[11]《東京夢華錄》「正月十六日」條，也有類似的記載。

接下來的「鋪翠冠兒[12]，撚金雪柳[13]，簇帶爭濟楚[14]」，寫的正是作者當年與時有空暇的「閨門」女伴，心情愉快，盛裝出遊的情

---

10 宋代無名氏所著，是講史話本，元人或有增益，是元代結合了多個類型的筆記小說輯錄。

11 孟元老（生卒年待考），號幽蘭居士，北宋東京開封府（今河南開封）人。

12 「鋪翠冠兒」一般解釋為「鋪上（滿）翠羽的帽子」，但就筆者所知，翡翠鳥的羽毛，比起翠碧色的玉石（石之美者，謂之玉）要更為難得。許多地方都有地方玉，河南、遼寧、崑崙、山東、揚州⋯⋯地方玉中的翠青色碧玉所在多有，所以此四字應該解釋為「有翠青色碧玉平鋪鑲嵌其上的帽子」才對。

13 「撚金雪柳」一般解釋為「以素絹和銀紙做成的、雪白如柳葉的頭飾」，但這解釋根本不通。柳葉如何能雪白？頭飾若用素絹和銀紙做成，難道是「紙糊」的？又怎會好看？筆者以為這四個字說的是女子的「妝容」：粉飾的柳葉眉，眉心或額頭上的靨金圖飾（這在唐、五代以來女子裝扮便沿習成習）。有許多有關唐代妝容的文章可以參考。

14 「簇帶」與「濟楚」是宋代的通俗詞語，是說配戴齊整，打扮得漂漂亮亮的。見「百度・百科」網址：https://baike.baidu.hk/item/永遇樂・落日熔金/10912549（瀏覽日期：2022年3月25日）

景。全是回憶裡的寫實,並非虛構。可是,好景不常,金兵入侵,詞人自己只落得飄零異地。「如今憔悴,風鬟霜鬢[15],怕見夜間出去」,歲月漸老,青春不再,人憔悴了,歷經歲月的風霜雨雪,兩鬢已然斑白,現在雖又值佳節,卻是觸景傷情,哪還有心思出外觀燈賞玩呢?

「不如向、簾兒底下,聽人笑語」,然而畢竟是好奇的,輕輕拉高簾子一點點,悄悄地聽取遊賞之人的歡聲笑語。此一情態,他人的歡聲笑語正好反襯了詞人的「怕見夜間出去」,更加烘托出詞人的傷感孤淒。

〈永遇樂‧落日熔金〉這首詞不僅情意真摯懇切、悽楚動人,語言也融俗為雅、質樸自然。作者在這首詞的下片中,無論是用當年在汴京賞燈過節來作今昔對比也好,還是用今天的遊人歡樂來反襯自己的處境也好,都能深刻地摹畫出詩人當前的淒清心情,可說是語似平淡而其實沉痛至極!再者,詞中大量運用「開闔錯綜」與「麗景映襯哀情」的手法,以及有意識地將淺顯平易而鮮活有力的口語,融合進錘鍊工致的書面語當中,駕馭極富表現力的文字,描繪出濃厚的昔盛今衰之嘆、個人身世之悲。南宋著名詞人劉辰翁(字會孟,號須溪,1232-1297)自云:「每誦此詞,必潸然淚下。」足以證明〈永遇樂‧落日熔金〉的藝術感染力何等之強烈!

---

15 「風鬟霜鬢」一般解釋為「白髮蓬鬆凌亂」,但筆者認為應該是:歷經歲月的風霜雪雨,已然兩鬢斑白。「風鬟」就是「霜鬢」。做為頗有名氣的女詞人,雖然己悅和悅己者皆已不在,但仍舊不時會有朋友相招,即使「倦梳頭」,也會把自己打理清爽,不至於頂著蓬鬆凌亂的頭髮與造訪者相見。

（二）後人評論析辨

歷來關於此詞的評論不少，今擇要析辨如下：

1.〔宋〕張端義（字正夫，1179-1248）《貴耳集》卷上

> 易安居士李氏，趙明誠（字德父，1081-1129）之妻。《金石
> 錄》亦筆削其間。南渡以來，常懷京洛舊事。晚年賦〈元
> 宵・永遇樂〉詞云「落日熔金，暮雲合璧」，已自工致。至
> 於「染柳煙濃，吹梅笛怨，春意知幾許」，氣象更好。後疊
> 云：「如今憔悴，風鬟霜鬢，怕見夜間出去。」皆以尋常語
> 度入音律。煉句精巧則易，平淡入調者難。

張端義欣賞此詞開頭二句，給予「工致」的評論，正是因為對仗工
整（平仄、意義與詞性都相對，當然，平仄有詞牌格律加以規
範）、別致（以「熔金」摹寫落日，以「合璧」摹寫暮雲，眼可見
而觸摸不到的自然景象變成了華貴的金、璧，構思奇特）。至於評
上片第二小節，說是「氣象更好」，卻不知所謂。莫非視覺加聽覺
以寫春意則別有氣象？但，「知幾許」（當疑問句時，也是不知幾
許）的春意如何能夠「氣象更好」？說下片第三小節「以尋常語度
入音律……平淡入調者難」最具慧眼！這裡掌握到易安填詞「融俗
入雅」的高超手法，將尋常詞語融入古雅篇章卻不見突兀，既是
「難」，更顯詞人之「能」。

2.〔宋〕劉辰翁《須溪詞》卷二

> 余自乙亥上元誦李易安〈永遇樂〉，為之涕下。今三年矣，

每聞此詞，輒不自堪。遂依其聲，又託之易安自喻，雖辭情不及，而悲苦過之。

「璧月初晴，黛雲遠澹，春事誰主。禁苑嬌寒，湖堤倦暖，前度遽如許。香塵暗陌，華燈明晝，長是懶攜手去。誰知道，斷煙禁夜，滿城似愁風雨。　　宣和舊日，臨安南渡，芳景猶自如故。緗帙流離，風鬟三五，能賦詞最苦。江南無路，鄜州今夜，此苦又誰知否[16]。空相對，殘紅無寐，滿村社鼓。」余方痛海上元夕之習，鄧中甫適和易安詞至，遂以其事弔之。

劉辰翁懷抱著「同是天涯淪落人」（宋瑞宗景炎元年，1276，南宋都城臨安被元軍占領，山河破碎，即使逃難海上卻依舊樂過元宵。）之嘆，於是讀「落日熔金……」特別心有戚戚焉，非但流淚，即便過了三年，讀此詞仍舊深感淒楚，觸詞傷情，不能承擔。顯示了李清照〈永遇樂〉這首作品強勁的藝術渲染力！更觸發劉辰翁隨此填寫〈永遇樂・璧月初晴〉（作於景炎三年，1278）一詞，以悲弔臨安失守之事。其中「滿城似愁風雨」一句，當作「滿城實愁風雨」來看；「江南無路」悲苦至痛！

3.〔宋〕張炎（字叔夏，號玉田，1248-1320）《詞源》卷下

至如李易安〈永遇樂〉云：「不如向、簾兒底下，聽人笑語。」此詞亦自不惡，而以俚詞歌於坐花醉月之際，似乎擊缶韶外，良可嘆也。

---

16 否，音「甫」，屬「麌（通「姥」）」韻，詞韻第四部。見「搜韻」網站，網址：https://sou-yun.cn/QR.aspx?ci=* （瀏覽日期：2022年3月28日）

張炎針對這闋詞的最後三句（也可能以末三句代替整首詞）說「亦自不惡」，雖非至褒，卻也不是貶抑。可又說「以『俚詞』歌於坐花醉月之際」，是覺得「俚詞」置入坐花醉月的唯美之間，就像是宮廷韶樂之外忽然夾雜了西秦莽俗的叩缶之聲[17]，令人感嘆。顯然張炎對於以俗語入詞作是不以為然的。然而，這端看「俗、雅」並置有無違和感（也就是能否達到和諧統一的美感）而定可否。如果有違和感，便是毛病；如果沒有違和感，便無問題。張端義肯定李清照「以尋常語度入音律（即填詞）」的難能，張炎則以為「可嘆」。固然人各有主張可矣，卻是張炎不知李清照填詞實為融俗入雅的高手，重點在於「融」字，這也是一種「錘鍊」的工夫、積學日深的寶貝手段，讓俗語俚詞產生了化學變化，化成具有靈動的雅意，因此，整體並不違和，反而覺得十分鮮活甚至親切。

4.〔明〕楊慎（自用修，號升庵。1488-1559）《詞品》卷二

> 辛稼軒詞「泛菊杯深，吹梅角暖」，蓋用易安「染柳煙濃，吹梅笛怨」也。然稼軒改數字更工，不妨襲用。不然，豈盜狐白裘手邪？

楊慎認為辛棄疾（字幼安，別號稼軒，山東歷城〔今濟南〕人。1140-1207）襲用了易安的詞句而修改幾個字，更加工致。之後明・徐士俊（字三有，生卒年不詳，約在1636年前後）《古今詞

---

17 缶，瓦製的盆器，可作為樂器。擊缶指敲擊瓦盆，以打節拍。《史記・廉頗藺相如傳》有「秦王擊缶」之記載。見「教育部重編國語辭典修訂本」，「擊缶」詞條。引自網址：https://dict.revised.moe.edu.tw/dictView.jsp?ID=88407&la=0&powerMode=0（瀏覽日期：2022年3月27日）

統》卷十二（眉批）有相同說法：「辛詞『泛菊杯深，吹梅角暖』，
與易安句法同。」究其實，這樣的寫作方式在古人而言乃屬家常，
江西詩派黃庭堅（字魯直，號山古道人，1045-1105）說：「不易其
意而造其語，謂之換骨法；窺入其意而形容之，謂之奪胎法。」[18]
江西詩派倡導「奪胎換骨」之法，蓋因此為古代讀書人寫作詩文之
方，且往往得以看出古人之廣閱群書、腹笥寬闊，以見才學。是以
「集句詩、集句詞」算不得少見，不能以單純的遊戲之作視之。稼
軒學易安，必然也是欣賞，修改幾字更見下功夫，而非「偷句盜
用」。至於是否「更工」？怕是仁智互見。

　　5.〔清〕水瑢等《四庫全書總目提要・集部・詞曲類一》

　　　　張端義《貴耳集》極推其元宵詞〈永遇樂〉、秋詞〈聲聲
　　　　慢〉，以為閨閣有此文筆，殆為間氣，良非虛美。雖篇帙無
　　　　多，固不能不寶而存之，為詞家一大宗矣。

《四庫全書總目提要》盛讚李清照為「詞家一大宗」，雖免不了引
張端義《貴耳集》所說「閨閣有此文筆」，但同意詞句中添入了身
經喪亂的鬱悶之氣（跳脫閨閣，頗類丈夫），因而「良非虛美」、
「不能不寶而存之」，可謂極為肯定！特別推舉〈永遇樂〉（落日熔
金）與〈聲聲慢〉（尋尋覓覓），誠是認同作品值得推薦。由是觀
之，〈永遇樂・落日熔金〉可以比肩普遍為人所熟知的〈聲聲慢・
尋尋覓覓〉。〈聲聲慢〉最為奪目者便是起首七個疊詞，先聲奪人！
「乍暖還寒時候，最難將息」其實也是尋常語，結句「這次地怎一

---

18 引自〔宋〕釋惠洪（字覺範，北宋筠州〔今江西高安〕人，1071-1128年）《冷齋
　　夜話》卷一。

個愁字了得」更是如話家常，但絲毫無損於整篇作品的傑出！此篇相較於〈永遇樂〉，一方面如實道「愁」（漫天鋪張堆疊直敘，雖情鬱酣然溢出，意在言外的滋味卻淡微了），一方面家國意識較弱，格局相對較小。

6.〔清〕謝章鋌（字枚如，號藥階退叟，1820-1903）《賭棋山莊集・詞話卷三》

> 柳屯田「曉風殘月」，文潔而體清；李易安「落日」、「暮雲」，慮周而藻密。綜述性靈，敷寫氣象，蓋駸駸乎大雅之林矣。

謝章鋌這一則記載，將李清照與北宋慢詞大名家柳永（原名三變，字景莊，後改名永，字耆卿，約987-1053）並稱，甄別〈雨霖鈴・寒蟬淒切〉和〈永遇樂・落日熔金〉的藝術特點：前者「文潔體清」，後者「慮周藻密」。馮煦（字夢華，號蒿庵，1844-1927）《六十一家詞選・例言》論柳永之詞「曲處能直，密處能疏，奡處能平，狀難狀之景，達難達之情，而出之以自然」。正是說〈雨霖鈴〉「冷落清秋節」、「楊柳岸曉風殘月」表現出的那清秋離人的曠宕疏清。上片從第四句起，寫情十分縝密；下片卻推遠提空，從遠處寫來，便顯得疏朗清遠，所謂「文潔體清」，大約此之謂也。至於李清照「落日熔金，暮雲合璧」兩句的相互映照，思慮別出心裁而引喻圓滿，文藻精緻厚實凝鍊，正是「慮周藻密」。柳永、李清照二者，無論是從性靈或是從氣象來看，都能強大堂皇的入列「大雅之林」。如斯評價，極高！

7.〔清〕吳梅（字瞿安，或作癯庵，別號霜崖，亦自稱老瞿，

1884-1939)《詞學通論・概論二》

> 大抵易安諸作，能疏俊而少沉著。即如〈永遇樂〉元宵詞，
> 人咸謂絕佳；此事感懷京、洛，須有沉痛語方佳。詞中如
> 「如今憔悴，風鬟霜鬢，怕向夜間出去」固是佳語，而上下
> 文皆不稱。上云「鋪翠冠兒，撚金雪柳，簇帶爭濟楚」，下
> 云「不如向、簾兒底下，聽人笑語」，皆太質率，明者自能
> 辨之。

玩味吳梅上述評論，主要著眼於：（1）沒有沉痛語，（2）語言質率
的問題。這兩點表明了他似乎不了解李清照〈永遇樂〉詞中「人在
何處」、「春意知幾許」、「次第豈無風雨」的沉痛，也不了解此詞所
運用的反襯、對比、以麗景寫哀情的藝術手法，更不了解李清照
「融俗（所謂「太質率」）入雅」的難能可貴。不得不說，吳梅雖
道「明者自能辨之」，他自己反倒是「不明者」了。

　　以上析辨，都從擁護〈永遇樂・落日熔金〉的觀點為之，肇因
於此詞的意象系統之佳構與強大！以下，嘗試以格式塔學派「完形
理論」之融入，探析此詞的意象系統。

四　「完形理論」融入〈永遇樂・落日熔金〉　　意象系統析探

　　為了析論方便，再引一次原文：

> 落日熔（一作「鎔」）金，暮雲合璧，人在何處。染柳煙

濃，吹梅笛怨，春意知幾許。元宵佳節，融和天氣，次第豈
無風雨。來相召、香車寶馬，謝他酒朋詩侶。

中州盛日，閨門多暇，記得偏重三五。鋪翠冠兒，撚金雪
柳，簇帶爭濟楚。如今憔悴，風鬟霜鬢，怕見夜間出去。不
如向、簾兒底下，聽人笑語。

有了上述「原典詮賞」與「後人評論析辨」奠基，此部分的探
析，分別從「完形理論」的「四個基礎」與「七個法則」兩條徑
路，進行剖述。

（一）完形理論運用──四大基礎

1　整體性

當吾人要分辨一件事物時，吾人之眼會試圖找出輪廓，然後在
腦中比對過去的記憶，便能快捷的分辨出事物。也就是說，通過詞
人之眼，掌握眼前元宵佳節的總體輪廓，很快在腦海裡召喚出昔日
中州元宵節的記憶，與之比對，因而迅捷的分辨出「今非昔比」，
而有了深沉的感喟！

2　具體化

當視覺受到刺激，同步的會對周遭環境的空間，產生訊息解
讀，大腦會自動填補缺失的空隙，並創造出一個相對完整的訊息以
理解觀察到的事物。詞人「人在何處」的恍惚、「春意知幾許」的
喟嘆，都是源自於周遭環境：「落日熔金，暮雲合璧」、「元宵佳
節，融和天氣」的視覺刺激，「次第豈無風雨」便是大腦自動填補

空隙的相對完整訊息。由是理解到時人的偏安心態，作者對此感到憂慮與遺憾。但既已年華老去（「如今憔悴，風鬟霜鬢，怕見夜間出去」），遂只能「簾兒底下聽人笑語」了。

3　組織性

　　一件事物有兩種以上的解釋，大腦的運作在同一個時間點只能提供一種解讀方式，儘管吾人的視覺允許在不同的解讀之間游移，卻無法同一時間「看到」兩種以上的解讀方式。不過，大腦仍然可以將之組織在一起，形成了解讀上的多義性。例如「人在何處」的「人」，指當下觸目所及感受「染柳煙濃，吹梅笛怨」的詞人自己，也可以指往昔「中州盛日，閨閣多暇」那些一起賞玩元宵佳節的至親友朋，「人」，可以具有多義性。同樣的，「次第豈無風雨」，風雨可以指詞人當時所面對的春天天氣，也可以說是詞人人生道路所經歷的坎坷，「風雨」有兩種解讀方式，也具有多義性。

4　恆長性

　　無論事物如何變形、放大、縮小、旋轉，吾人依然能夠透過觀察對象的輪廓或特徵，來判斷此事物為何。例如「如今憔悴，風鬟霜鬢」，臉龐憔悴了、鬢髮斑白了，特徵都指向歷經歲月風雨的「詞人老矣」。而人老了就喜歡回憶，回憶中州盛日的種種美好，卻也愈發反襯了眼前的惆悵。

（二）完形理論運用──七大法則

　　分析〈永遇樂·落日熔金〉的意象系統，分述如下：

1 圖形／背景法則

「人─落日熔金、暮雲合璧」，在絢麗有如熔金的落日餘暉和好似合璧的暮雲一片的背景下，按理，人會顯得渺小，可也正是此一「人的渺小」抓住了吾人的視線，凸顯了「人」的緊要！

「春意─染柳煙濃、吹梅笛怨」，輕煙濃霧包裹著嫩柳，形成一片朦朧的悵惘；〈梅花落〉哀怨的笛韻，經由吹奏而傳播，哀怨的不是笛聲，實是人心。那麼，對於「春」的悲喜，還真是無法名狀的不知幾許。「春意」成了關鍵詞語。

「風雨─佳節、天氣」，元宵佳節、融和天氣，不過是「豈無風雨」的背景。

「閨門─鋪翠冠兒、撚金雪柳、簇帶濟楚」，穿戴、妝容、打扮得漂漂亮亮，都是為了突出閨門女子作為主體的搶眼。

「笑語─簾兒底下」，簾兒底下是背景，笑語才是主體。但，更引起關注者，應該是隱藏在簾兒底下聽人笑語的作者！

2 臨近法則

「落日、暮雲、春意、佳節、天氣、風雨」，從空間環境上說，這些詞彙都是與時節、天候有關的意象所構築的系統，具有一體性。

「香車、寶馬、酒朋、詩侶」，都和「人」有關，皆屬有韻味的人事，可視為一個系統。同一系統，容易引起聯想與觸發，有增強印象的果效。

「盛日、三五、夜間」，都與時間臨近相關，美好的節日、烙印心間的正月十五，美麗的回憶令詞人觸景傷情，惆悵物是人非，今昔大不同。

3 簡潔法則

　　依據吾人的邏輯思維力,「人在何處」、「豈無風雨」、「如今憔悴」、「怕見夜間出去」,這四個詞語,都與李清照的心緒反映有關,這四個詞語才是〈永遇樂〉核心骨幹的題旨,雖是質率的語言,卻意真情切,有助於閱讀者把握詞人所描摹的那些美麗景致、事物的言外之意。

4 相似法則

　　異質也可以同構,因為屬性相似,遑論同質。「熔金、合璧」,金與玉都擁有美麗貴重的特質;「染柳、吹梅」,柳寓意「留」卻留不住青春韶光,〈梅花落〉曲音寄託著哀怨,兩者都顯示悵然;「香車、寶馬」,都屬上層社會;「鋪翠、撚金」,都屬典雅裝扮之事;這些都屬於異質同構者。「酒朋、詩侶」,都是風流人物;「風鬟、霜鬢」,都說歲月蒼茫;這些則是同質同構者。這些一組組的「異質同構」或「同質同構」者,便是相似法則居間作用,使之成為意象系統。

5 閉合法則

　　由「人在何處、春意知幾許、次第豈無風雨、謝他酒朋詩侶、怕見夜間出去」這些彷彿不相連屬的句子,因為閉合法則的運作,都指向了「如今憔悴」的旨意。憔悴的不只是因歲月老去而青春已逝的臉龐,更重要的是因物事人非而悵惘迷茫的心靈。

6 連續法則

　　與「閉合法則得以使意象系統運作係屬性相接」的不同之處,

在於連續法則的意象屬性可能跳躍得極為厲害。此詞的「鋪翠冠兒、撚金雪柳、簇帶爭濟楚」幾句，雖彼此屬性不盡相同，畫面跳躍感濃厚，但大腦的視覺印象連續法則居間調度，遂組織起來指向了「中州盛日」的「閨閣多暇」。

7　對稱法則

從大處著眼：「元宵佳節融和天氣／次第豈無風雨」，「來相召／謝他酒朋詩侶」，「中州盛日／如今憔悴」，「怕見夜間出去／簾兒底下聽人笑語」，「（臨安的）元宵佳節（自己「怕見夜間出去」）／（往昔的）中州盛日（自己「記得偏重三五」）」這一組組，在意義、情緒上都是相互對比，一開一闔或一闔一開。可以很明顯的理解到，這是對稱法則的運作。至若「落日熔金／暮雲合璧」、「香車／寶馬」、「酒朋／詩侶」、「鋪翠／撚金」、「風鬟／霜鬢」，則是修辭藝術中對稱法則的運作之筆。

統合言之，「完形理論」的「四個基礎」與「七個法則」，以之分析〈永遇樂・落日熔金〉，可以讓我們「吃透」這篇傑作方方面面的藝術表現及其成就，有不少詞句都是好幾種法則交相運作者，讓我們得以更深刻、更系統的理解此篇作品，也更確認李清照那巾幗不讓鬚眉的時代高度、填詞巨擘！

五　結語

〈永遇樂・落日熔金〉，只是一首詞，一首李清照填寫的長調長短句，在浩瀚的書籍與網路資訊之海中，很容易與人擦肩而過。藉由格式塔心理學派「完形理論」之「四個基礎」與「七個法則」

的融入探索，對此詞之意象系統如何運作，加以剖之、析之，重重的強化了吾人的印象，大大增益了吾人的理解，深深啟發了吾人的思維，實實的開闊了吾人的視野。原來，單一意象與單一意象之間、意象群與意象群之間，必須要構成系統，而系統要能「動」，才會激發閱讀者的深度理解與豐沛情感，其間運作的關鍵在於大腦視覺印象（筆者所謂「空間畫面感」）能否鮮明，而四個基礎和七個法則的運用越繁複、越靈活，就意味著作品的義涵越豐富，畫面感越強烈，藝術性越高。也就是說，意象系統的「動」必須既複雜又清晰，一而再再而三、不斷不斷的正增強吾人對作品的印象，從而深化吾人的理解與情感。而〈永遇樂‧落日熔金〉經由「完形理論」的融入探討之後，呈現出其意象系統之繁密與強大！於是清清楚楚的明白「千古第一才女」的美稱、敬稱，《四庫全書總目提要》譽之為「詞家一大宗」，此篇詞作所蘊含的藝術思維和意象系統，證明李清照當之無愧！

參考文獻

（依照引用先後次序排列）

〔宋〕李清照，〔民〕王學初注：《李清照集校注》（臺北：漢京文化出版公司，1984年6月）初版。

潘麗珠主編：《格式塔理論融入古典詩意象分析之探索》（臺北：新學林出版社，2014年5月）初版。

「中國哲學書電子化計劃」《李清照集校注》。網址：https://ctext.org/wiki.pl?if=gb&chapter=242993#p296

「vide 創誌──看見創新設計」網站〈視覺法則──格式塔理論的四個基礎〉一文，網址：https://vide.hpx.tw/1823

國家教育研究院「雙語詞彙、學術名詞暨辭書資訊網」，網址：https://terms.naer.edu.tw/detail/1305580/

「中國社科網」〈維柯的詩性智慧與歷史〉，網址：https://read01.com/7RQ80P.html

教育部「重編國語辭典修訂本」，網址：https://dict.revised.moe.edu.tw/index.jsp

「百度・百科」網址：https://baike.baidu.hk/item/永遇樂・落日熔金／10912549

「搜韻」網站，網址：https://sou-yun.cn/QR.aspx?ci=*

〔宋〕釋惠洪：《冷齋夜話》（文淵閣四庫全書本光碟）（北京：社會科學文獻出版社，2008年12月），初版。

「完形理論」融入柳永
〈八聲甘州・對瀟瀟暮雨灑江天〉
意象系統析探

陳俊霖

臺灣師範大學國文學系碩士班

摘要

「意象」是詩歌創作與評論研究時的重要關注面向。然而中國傳統文學批評多屬直觀感悟的印象式批評，不能對其「所以然」的道理詳細說明。柳永〈八聲甘州・對瀟瀟暮雨灑江天〉一向有「不減唐人高處」的美譽，現代研究者常以「興象高遠」、「融情入景」等面向評析之，然卻少有以理論解釋何以如此者。德國格式塔學派的「完形理論」與古典詩歌的意象理論有許多可以相互闡發之處，使得詩歌之意象經營有法則可循。本文旨在以格式塔學派之「完形理論」析探柳永〈八聲甘州・對瀟瀟暮雨灑江天〉之意象系統，藉其組織法則的原理，分析詩詞意象如何構成，意象與意象間如何系統性地結合，以對作品有更全面的理解與研究。

關鍵詞：柳永，八聲甘州，完形法則，格式塔理論，意象

一 前言

　　柳永（987-1058？），初名三變，字景莊、耆卿，因家中排行第七，又官至屯田員外郎，故世稱柳七或柳屯田。崇安（今福建武夷山市）人，北宋著名詞人，為婉約詞派的代表人物，有「凡有井水處，皆能歌柳詞」之譽。一生仕途不順，喜好流連於綺陌紅樓中，因而作品以描寫歌妓生活、城市風光以及羈旅行役的生活等題材為主。善為樂章，長於慢詞，語多俚俗，尤善鋪敘形容，對北宋慢詞的發展和興盛起了重要作用。有《樂章集》傳世，今存詞兩百餘首。

　　〈八聲甘州・對瀟瀟暮雨灑江天〉為柳永所作長調，原文[1]如下：

> 對瀟瀟、暮雨灑江天，一番洗清秋。漸霜風淒慘（一作「緊」），關河冷落，殘照當樓。是處紅衰翠減，苒苒物華休。惟有長江水，無語東流。
> 不忍登高臨遠，望故鄉渺邈，歸思難收。歎年來蹤跡，何事苦淹留。想佳人、妝樓顒望，誤幾回、天際識歸舟。爭知我，倚闌干處，正恁凝愁！

此詞為柳永出仕之前行旅羈役之作，寫作時間約在宋真宗景德元年（1004）間，寫作地點在鄂州（今湖北省武漢市）或離開鄂州後不久[2]。此闋詞為雙調，分上下兩片，描寫作者常年羈旅在外，於清

1　引自〔宋〕柳永著，薛瑞生校注：《樂章集校注》（北京：中華書局，2012年6月），頁101。

2　柳永之詞作編年不一，尚有爭議。此處參考薛瑞生：《樂章集校注》之說法，出處同註1，頁102。

秋薄暮時分登樓遠望，興起的思鄉愁緒。上片描寫了清秋雨後的傍晚，在夕陽斜照下，眼見關塞、山河一片蕭條以及紅花凋謝、綠葉飄零之景。雖以抒情為主，但融情入景，由仰望到俯視，由遠及近，層層鋪敘。無一愁字，卻把大自然的蕭瑟秋景與內心的愁思完全融合在一起，可謂興象高遠。下片反承「殘照當樓」，由景入情，表達思念故鄉而又不忍心登高，怕引出更多鄉愁的矛盾心理。結尾進一步設想故鄉的佳人正盼望自己歸來，雖是虛寫，但詞人卻用懸想示現來表達思念，彷彿實有其事，運虛於實，見人映己，情思更為悱惻動人。全詞語淺而情深，融寫景與抒情為一體，以鋪敘的手法，曲折委婉地表現了望鄉思親的羈旅之情。通篇結構嚴密，迭宕開闊，首尾照應，體現柳永工於慢詞、長於鋪敘的藝術特色。

　　上文仍以傳統詩詞賞析的角度分析〈八聲甘州〉，以求對詞篇有基礎的認識，大體上仍不脫歷來研究者之觀點。然而，筆者欲著力觀照之處，在於所謂「融情入景」、「結構嚴密」等評語如何可能？詞人在創作之時固然有其苦心經營之處，然而後人之評析皆以「後設」觀點出發，不能全然反映作者真實想法，而作者既未現身說法，吾人對同一作品之評析何以相去不遠？

　　德國格式塔學派的「完形理論」對於大腦如何發揮想像力，並以此聯繫「意象」之系統構成，有其組織法則的邏輯脈絡可循。本文以此篇長調詞作為例，融入格式塔學派之「完形理論」，藉其組織法則的原理，分析詩詞意象如何構成，意象與意象間如何系統性地結合，以對作品有更客觀而全面的理解與研究。

二 「完形理論」融入傳統「意象說」

（一）傳統「意象說」之義界

意象緣起於「鑄鼎象物」，《左傳‧宣公三年》記載：「定王使王孫滿勞楚子，楚子問鼎之大小輕重焉，對曰：『在德不在鼎。昔夏之方有德也，遠方圖物，貢金九枚，鑄鼎象物，百物而為之備，使民知神奸。……德之休明，雖小，重也。其奸回昏亂，雖大，輕也。』」[3]可見先民欲傳達抽象難以言喻的思想，就必須藉由具體的物象作比喻，「鑄鼎象物」表達了喻象以言德的形象思維。《周易‧繫辭》引孔子的看法：「書不盡言，言不盡意。」[4]然而聖人的想法，豈能不傳於世？因此孔子又說：「聖人立象以盡意，設卦以盡情偽，繫詞焉以盡其言。」此處「立象」、「設卦」、「繫詞」皆為「象」，「盡意」、「盡情」、「盡言」皆為「意」，在孔子看來，「象」只是一種表達「意」的手段而已。漢代王弼《周易略例‧明象》說：「夫象者，出意者也；言者，明象者也。……言生於象，故可尋言以觀象，象生於意，故可尋象以觀意。意以象盡，象以言著。故言者所以明象，得象而忘言；象者所以存意，得意而忘象。」[5]可見到了漢代，對於意象的意涵已經從單純的物象進入哲理的思辨，雖「言不盡意」仍可「立象以盡意」，意與象可互相轉化。

而真正把「意象」概念運用在文學創作、批評上，則要到六朝

---

3 國立編譯館主編：《十三經注疏分段標點》（臺北：新文豐出版社，2001年6月1日），頁958。

4 同上註，頁629。

5 樓宇烈：〈略例〉，《周易注》（收入《王弼集校釋》，臺北：華正書局，2006年），頁609。

劉勰《文心雕龍》出現之後,其〈神思〉篇說:「積學以儲寶,酌理以富才,研閱以窮照,馴致以懌辭,然後使元解之宰,尋聲律而定墨;獨照之匠,窺意象而運斤;此蓋馭文之首術,謀篇之大端。」[6]言辭是人對客觀事物形象的抽象概括,劉勰認為作家必須觀察研究客觀物象,並逐漸形諸於言辭,而言辭是為了表達內心的思想。如此由「意」及「象」及「言」的過程,是寫作時不可忽視的歷程與重點。此後,「意象」一詞便在文學批評中被廣泛運用。如唐代王昌齡《詩格》言:「詩有三格:一曰生思。久用精思,未契意象,力疲智竭,放安神思,心偶照鏡,率然而生。二曰感思。尋味前言,吟諷古制,感而生思。三曰取思。蒐求於象,心入於境,神會於物,因心而得。」[7]此說明詩境的由來,從艱苦的構思到靈感的突發,其間過程浸染著詩人的情意和想像。而感思與取思則道出如何借鏡前人作品,並於紛呈的物象中取捨剪裁,從而創造出情景交融的詩境。中唐白居易在《金針詩格》中說:「詩有內外意,內意欲近其理,理謂義理之理,……外意欲近其象,象謂物象之象。」[8]可見詩包含了內在的「意」以及外在的「象」。明代王廷相在〈與郭价夫學士論詩書〉中說:「夫詩貴意象透瑩,不喜事實黏著,古謂水中之月,鏡中之影,可以目睹,難以實求事也……言徵實則寡餘味也,情直致而難動物也。故示以意象,使人思而咀

---

6 周振甫:《文心雕龍今譯:附語詞簡釋》(臺北:中華書局,2013年9月1日),頁248。

7 張伯偉:《全唐五代詩格彙考》(南京:鳳凰出版社,2002年),頁173。

8 〔宋〕陳應行:《吟窗雜錄》(收入王夢鷗:《古典文學論探索》,臺北:正中書局,1984年),頁55。

之，感而契之，邈哉深矣，此詩之大致也。」[9]綜合二者所言，詩歌之所以能動人，有「餘味」，即在於求其「內意」，揭開表層之「象」，才能「感而契之」。章學誠《文史通義・易教》曰：「《易》象通於《詩》之比興。」又曰：「有天地自然之象，有人心營構之象……心之營構，則情之變易為之也。情之變易，感於人世之接構……是則人心營構之象，亦出天地自然之象也。」[10]說明了「自然物象」及「人心營構之象」能夠經由聯想而連結，不只是反映客觀事實的摹本。

前人的論述大致都已說明意象的內涵和在詩文中的作用，近人對於意象的意涵探討則有更詳細的分析。余光中在〈論意象〉一文裡說[11]：

> 意象是構成詩的藝術之基本條件之一，我們似乎很難想像一首沒有意象的詩，正如我們很難想像一首沒有節奏的詩。所謂意象，即是詩人內在之意訴之外在之象，讀者再根據這外在之象試圖還原為詩人當初的內在之意。

歐麗娟在《杜詩意象論》言：

> 意與象的結合關係和心與物、情與景之間的結合關係是一致的，都牽涉到主客觀間融攝的問題。景物以其客觀外貌為人

9　〔明〕王廷相著，王孝魚點校：《王廷相集》（北京：中華書局，1989年），第2冊，頁502。

10　〔清〕章學誠：〈內篇一・易教下〉，《文史通義》（臺北：華世出版社，1980年），頁6。

11　余光中：《掌上雨》（臺北：大林出版社，1969年），頁9。

所把捉，進而觸發人的情思，雖然有其客觀樣態，但在詩人
情志心意的轉化後，已不純然是客體存在，經由「以情
觀」、「以理應」的活動，景物就成為容許我們從中「取心」
的存在，而有了擴延的意義。如果再細分這種心物交融的模
式，可以得到三種不同的感發及表達方式，那就是賦、比、
興三義。賦是直接敘寫（即物即心），屬於意象的直接傳
達；比是借物為喻（心在物先），屬於意象的間接傳達；興
是因物起興（物在心先），屬於意象的繼起傳達。而當意象
塑造出來後，就能循著「呈於象，感於目，會於心」的傳釋
過程，達到傳遞意旨、打動人心的效果。[12]

關於意象的定義，各家從不同的角度加以探討，然皆說明意象是心
物交融的結果。作者用客觀的象作為載體來傳達主觀的意，客觀的
象也成為作者與讀者感通的媒介。可見意象說發展至近、現代，已
從作家如何創作，延伸至讀者如何接受的問題。綜合二者所言，余
光中認為讀者會根據「外在之象」試圖還原詩人創作時的「內在之
意」，而歐麗娟則由「以情觀」、「以理應」來解釋讀者「象呈、目
感、心會」的還原過程，最終能心領神會，受到感動，產生共鳴。

（二）完形理論之組織法則

從古至今，傳統「意象說」看似將「意象」理解得十分清楚
了。然而卻仍未解決一根本問題：讀者由「以情觀」、「以理應」而
與作者感通的可能性如何成立？吾人皆理解「一千個讀者心中，有

---

12 歐麗娟：《杜詩意象論》（臺北：里仁書局，1997年），頁19。

一千個哈姆雷特」的道理，朱光潛在《文藝心理學》言：「形象並非固定的。同一事物對於千萬人即出千萬形象，物的意蘊深淺以觀賞者性分深淺為準。直覺就是憑著自己情趣、性格，突然間在事物中見出形象，其實就是創造。因此欣賞也富含創造性。」[13]可見讀者由客觀之象還原作者主觀之意時，會受「性之深淺」、「情趣」、「性格」等因素影響，因此閱讀本身也具有創造性。更甚者，近代西方結構主義所謂「作者已死」論，便認為讀者在閱讀時應該去發現作品新的意義，形成一個新的創造性文本。若依此觀點，讀者便無須去還原作者之意。

　　然而，以古詩詞閱讀而言，我們卻難以忽視一種現象：作者雖未現身說法，然對於作品（尤其是名篇）閱讀，眾人之理解、評析往往相去不遠。如就上述「以情觀」、「以理應」的角度解釋之，可以推測詩詞意象中，存有一種能夠跨越時空，同「情」共感的力量，以及客觀之象能與主觀之意進行有機結合之「理」。

　　而此「情」、「理」究竟為何？同一篇作品，為何不同的讀者能從中體會到相似的情感？意象的解讀雖具有創造性，然而其中是否仍具有可客觀分析之理則？

　　格式塔心理學派的代表人物柯勒（Wolfgang Kohler, 1887-1967）認為：

　　　　一件藝術品，必然是一個由各個部分按照一定的結構方式組
　　　　成的整體，在這個整體上表現出一種獨特性質，考夫卡稱之
　　　　為「格式塔質」。……藝術家在創造藝術品的過程中就像一

13　朱光潛：《文藝心理學》，（收入《朱光潛全集》第一卷，合肥：安徽教育出版社，1987年8月），頁269-270。

　　個導演，他按照自己的需要把各種不同的元素（力）安排在
作品中合適的地方，使它們之間形成一種「關係」（立場）。
這種關係在一定程度上能夠間接反映出自然中某些事物的狀
態，從而達到傳達意義的目的。這種視覺形態和自然事物之
間的類似性，我們可以稱之為「異質同構」。[14]

若以此來解釋詩歌之創作與閱讀，作者在創作時會根據自己所欲傳
達之「意」，而選擇不同的「象」（元素、力）來表達，且這些
「象」之間會形成系統性的關聯，此關聯正是前文所言之「以理
應」，也正因為象與象之間具有可客觀分析之理，讀者才能從中體
會到作者所欲傳達之情感，此正為前文所言之「以情觀」。

　　而讀者之所以能於同一作品中體會出相似的情感，正是由於
「異質同構」的作用。李澤厚在〈審美與形式感〉一文中說：

　　不僅是物質材料（聲、色、形等等）與視聽感官的聯繫，而
更重要的是它們與人的運動感官的聯繫。對象（客）與感受
（主），物質世界和心靈世界實際都處在不斷的運動過程
中，即使看來是靜的東西，其實也有動的因素……其中就有
一種形式結構上巧妙的對應關係和感染作用……格式塔心理
學家則把這種現象歸結為外在世界的力（物理）與內在世界
的力（心理）在形式結構上的「同形同構」或者說是「異質
同構」，就是說質料雖異而形式結構相同，它們在大腦中所
激起的電脈衝相同，所以才主客協調，物我同一，外在對象

---

14 引自柯勒著，李姍姍譯：《完形心理學》（臺北：桂冠出版社，1998年）。

與內在情感合拍一致，從而在相應對的對稱、均衡、節奏、韻律、秩序、和諧中產生美感愉快。[15]

若以此來解釋詩歌之意象系統，「象」即為外在之客觀對象（物質世界），「意」即為內在之主觀感受（心靈世界）。正因意與象之間存有形式結構上巧妙對應的關係，讀者才能從意象中體會出作品的情感。然而外在對象與內在情感若要合拍一致，也必須達成對稱、均衡、有序等條件，才能產生心靈的和諧與愉悅的美感。

以詩歌創作而言，要達成上述條件，意與象須巧妙對應，象與象之間須構成系統，運作有方，而此「方」正可以完形理論之「七個視覺運作法則」[16]分析之：

1 圖形／背景法則

在一個具有一定規模的場景中，有些視覺刺激特別突出，容易被察覺；而其他刺激則退居於次要地位形成背景。

2 臨近法則

臨近的空間或時間刺激，在視覺、心理上容易被視為整體。

3 簡潔法則

思維能去除掉多餘複雜性的干擾，抓住最簡單或本質性的東西，進而能掌握內在的結構。

15 李澤厚：《李澤厚哲學美學文選》：（臺北：谷風出版社，1987年5月），頁503-504。

16 同註14。

4 相似法則

相互類似的個體刺激，容易被視為一個整體。例如：顏色、大小相近的圖形。

5 閉合法則

大腦在辨識視覺刺激時，傾向於聚合成形，即使其間有斷缺處，依舊會被視為閉合而完整的整體。

6 連續法則

視覺刺激中，能彼此連續成為圖形者，即使其間不具有連續關係，大腦也會將其視為一個整體。

7 對稱法則

視覺刺激中，具有對稱性的刺激常會被視為有關聯的整體。例如：大小、高低、動靜、輕重、濃淡……等。

格式塔心理學派的「完形理論」所討論之「視覺」運作法則，與詩歌意象中「象」的「空間畫面感」關係密切，極適合彼此聯繫，並用以分析意象之間的結合與運作系統。下文先對柳永〈八聲甘州・對瀟瀟暮雨灑江天〉進行詮賞，並闡述歷來評論，最後再以「完形理論」融入其意象系統進行分析。

三、〈八聲甘州・對瀟瀟暮雨灑江天〉詮賞與後人評論析辨

（一）原典詮賞

柳永工於羈旅行役之詞，這一點早在宋代就已被認可。[17]而〈八聲甘州・對瀟瀟暮雨灑江天〉一篇更是其中的代表作之一，歷來評論、研究者不輟。綜觀全詞，旨在描寫作者於羈旅行役之時，所引發的思鄉愁緒。此闋詞為雙調，共九十七字，為方便說明，再次徵引全文，並以上下片分別詮賞如下：

> 對瀟瀟、暮雨灑江天，一番洗清秋。漸霜風淒緊，關河冷落，殘照當樓。是處紅衰翠減，苒苒物華休。惟有長江水，無語東流。
>
> 不忍登高臨遠，望故鄉渺邈，歸思難收。歎年來蹤跡，何事苦淹留。想佳人、妝樓顒望，誤幾回、天際識歸舟。爭知我，倚闌干處，正恁凝愁！

柳永一向善寫秋天、雨天、黃昏的場景，而這闋詞兼具三者之長。上片首句「對瀟瀟、暮雨灑江天，一番洗清秋」先以一領字「對」開篇，點出登臨縱目之事，將讀者視線引導至瀟瀟暮雨、冷落清秋之景。「灑」和「洗」兩動詞的運用，使詞句增添了靈動之感，彷彿暮雨灑遍江天的遼闊之景如在讀者眼前。詞人在雨天的傍晚時刻

---

17 〔宋〕陳振孫《直齋書錄解題》：「其詞格固不高，而音律諧婉，語意妥貼，承平氣象，形容曲盡，尤工於羈旅行役。」收入《景印文淵閣四庫全書》〈史部〉，冊674，卷21，頁887。

登樓遠眺，暮色深沉時，光線本就黯淡，雨水又使視線更加朦朧不清，兩相交織之下，這番暮色秋雨的描寫，更加渲染了蕭瑟落寞的氛圍，為全詞思鄉愁緒的情感預作鋪敘。

「漸霜風淒緊，關河冷落，殘照當樓」以領字「漸」起，鋪墊出淒寒霜風、冷落關塞與山河以及落日樓頭之清冷情景。不僅有視覺上黃昏已至、山河冷落之蕭瑟，更有觸覺上寒風刺骨之淒涼，兩相疊加，在在興發了作者的愁緒。「是處紅衰翠減，苒苒物華休。惟有長江水，無語東流」詞人視線一轉，由仰望而俯視，眼見紅花凋謝、綠葉飄零，萬物毫無生氣，此一景致，在長江水之「動」與物華「休」對比下，不禁興起時光飛逝和人生短暫之嘆。錢鍾書曾言：

> 按邏輯說來，「反」包含先有「正」，否定命題先假設著肯定命題。詩人常常運用這個道理。山峰本來是不能語而「無語」的，王禹偁說它們「無語」……同時也彷彿表示它們原先能語、有語、欲語而此刻忽然「無語」。這樣，「數峰無語」才不是一句不消說得的廢話。[18]

王國維也有相似觀點：「有我之境，以我觀物，故物我皆著我之色彩。」[19]長江的「無語東流」既有自然無情不老之含義，而與秋士之多情易感形成對比映襯，又暗示詞人欲語還休、剎那間的自憐，以及「淚眼問花花不語」的深深無奈。

---

18 《宋詩選注》注王禹偁〈村行〉第二聯「萬壑有聲含晚籟，數峰無語立斜陽」語。
19 〔清〕王國維著，滕咸惠校注：《人間詞話新注》（臺北：里仁書局，1994年11月）。

　　下片「不忍登高臨遠，望故鄉渺邈，歸思難收」承應上片「殘照當樓」，點出上片所鋪敘之景色，皆登高臨遠所見。雖言「不忍」，實已倚闌久立，然而即便登高臨遠，在渺茫的暮色中，也難以望見家鄉。理性上明白「獨自莫憑欄」之理，於感性而言卻是「歸思難收」。「歎年來蹤跡，何事苦淹留」更見詞人自問、自嘆、自憐之心境，其實自己早已明白答案，只是不願承認罷了。

　　「想佳人、妝樓顒望，誤幾回、天際識歸舟。爭知我，倚闌干處，正恁凝愁」此小節之佳處，在於模擬「對想」：本是詞人獨自登樓遠眺，卻又聯想家鄉之閨中人，此時也正登樓凝眸，企盼遊子歸來，頗有「一種相思，兩處閒愁」之致。在全詞闊遠的意象中，添加如此一筆，更增剛柔相濟之致。詞末始點出全詞主旨「愁」字，通過前面景的渲染、情的傾訴，動靜、剛柔相生相輔，使這一「愁」字深可萬仞，力重千鈞！

　　〈八聲甘州·對瀟瀟暮雨灑江天〉之作雖以抒情為主旨，但融情入景，上片無一愁字，卻把大自然的蕭瑟秋景與內心的愁思完全融合密端，可謂興象高遠。全詞語淺而情深，融寫景與抒情為一體，以鋪敘的手法，曲折委婉地表現了望鄉思親的羈旅之情。章法上結構嚴密，由仰望到俯視，由遠及近，層層鋪設，跌宕開闔，首尾照應，體現柳永工於慢詞、長於鋪陳的藝術特色。

（二）後人評論析辨[20]

　　1.〔宋〕趙令時（1064-1134，初字景貺，蘇軾為之改字德麟，自號聊複翁）《侯鯖錄》卷七

20　以下評論之原文皆引自〔宋〕柳永著，陶然、姚逸超校箋：《樂章集校箋》（上海：上海古籍出版社，2016年6月），頁582-585。

> 東坡云：世言柳耆卿曲俗，非也。如〈八聲甘州〉云：「霜
> 風淒緊，關河冷落，殘照當樓。」此語於詩句，不減唐人
> 高處。

蘇軾反對世人對於柳永「曲俗」的評價，反給予「不減唐人高處」
的讚賞，認為此作有唐人作詩之高處及妙境。此處之「曲」不作曲
調解，而當以詞句解釋。關於「不減唐人高處」之意，歷來有許多
研究者皆以「興象高遠」解釋之，如葉嘉瑩言：「前人以唐詩之高處
及妙境稱讚柳詞，便正因為柳永詞之佳者，如〈八聲甘州〉諸作，
其景物形象之開闊博大與其聲音氣勢之雄渾矯健，皆足以傳達一種
強大的感發之力，與唐人詩歌之以「興象」之特質取勝者頗為相近
的緣故。」[21]可見〈八聲甘州〉之佳處在於意象開闊，且足以傳達
強大的感發力量，然其意象開闊何在？又使人感發何種情意？為何
能與唐人比美？蘇軾卻並未說清。

　　具體而言，其意象開闊處正在於上片描寫之秋景，且能以此景
使人感發愁緒。同是以景言愁，柳宗元〈登柳州城樓寄漳汀封連四
州刺史〉言「城上高樓接大荒，海天愁思正茫茫」，他以大荒、海
天等壯闊的景致來形容失志遭謗的茫茫愁思，與柳永以江天、關河
來形容思鄉之愁有異曲同工之妙。杜甫〈登高〉第二聯：「無邊落
木蕭蕭下，不盡長江滾滾來」，雖未言愁，然而愁思已在無邊的空
間、無盡的時間中拓展，且「滾滾來」一句也將景與滾滾愁思進行
連結。而柳永〈八聲甘州〉上片全寫景，也未言愁，而是以暮雨、
霜風、殘照統攝下的廣闊空間作為舞臺，在這些意象中，愁變得瀟

---

21 葉嘉瑩：《唐宋詞名家論稿》（臺北：大塊文化，2013年10月），頁103。

瀟可聞，衰殘可見，而末句「惟有長江水，無語東流」，同樣連結至下片開展之愁緒。綜上所述，可見柳永在意象構思上，與唐詩的確有著相同的妙處，無怪乎蘇軾給予其極高的評價！

2.〔清〕劉體仁（1617-1676），字公㦯，號蒲庵）《七頌堂詞繹》

> 詞有與古詩同妙者，如……「關河冷落，殘照當樓」，即敕勒之歌也。

此評價與蘇軾之著眼點相同，皆以「關河冷落，殘照當樓」句與古詩句比美，然劉體仁卻仍是語焉不詳。所謂「敕勒之歌」應指《樂府詩集》中所錄之〈敕勒歌〉，乃是南北朝時期流傳於北方的民歌。其所言「同妙」，應在於兩者皆描寫了蒼茫、壯闊的景色。〈敕勒歌〉中有「敕勒川」、「陰山」、「天蒼蒼」、「野茫茫」等壯闊之景，而〈八聲甘州〉則有「暮雨灑江天」、「關河冷落」、「殘照當樓」等景，兩者之意境皆在江水、天地、山河等遼闊的空間中開展出來。然而劉體仁以此兩作互相比擬，恐是不當。詩詞所描寫之象，目的在於傳達作者之「意」，兩首作品雖皆有壯闊之景，然〈敕勒歌〉之意在於以遼闊的景致描寫草原壯麗富饒的風光，抒發敕勒人的豪情，而〈八聲甘州〉雖描寫壯闊之秋景，其意卻在於抒發個人登高臨遠，歸思難收的愁緒。因此，兩首作品在「象」與「意」的對應上完全不同，如何能言「同妙」呢？

3.〔清〕沈祥龍（生卒年未載，字約齋，今松江屬上海市人）《論詞隨筆》

> 詞韶麗處，不在塗脂抹粉也。……悲慨處不在歎逝傷離也，
> 誦者卿「漸霜風淒緊，關河冷落，殘照當樓」句，自覺神魂
> 欲斷。蓋皆在神不在跡也。

沈祥龍和前人相同，仍以「漸霜風淒緊，關河冷落，殘照當樓」作
為評論之著眼點，然而其關注之面向卻有所不同。所謂「悲慨處不
在歎逝傷離」、「在神不在跡」等語，皆是稱讚柳永「融情入景」之
能力，一首詩詞作品之所以動人，不在於直白地把情感描寫出來，
而是藉由外在之「象」的組合去描寫內在之「意」。〈八聲甘州〉中
描寫的清冷雨景、淒慘霜風、蕭條的關塞山河、夕陽斜照等景致，
組合出一幅蕭瑟的秋景圖，面對此「苒苒物華休」的悲涼情景，柳
永才不禁興起了思鄉卻歸不得的哀愁。而論者之所以感到「神魂欲
斷」，正是因為作品中的象與象之間運作有方，構成意象系統，使
得意與象能夠巧妙對應，讀者因而能順利還原作者之「意」，感受
到柳永「倚闌干處，正恁凝愁」的哀傷！

4. 〔清〕陳廷焯（1853-1892，字伯與）《白雨齋詞話》

> 煉字琢句，原屬詞中末技。然擇言貴雅，亦不可不慎。古人
> 詞有竟體高妙，而一句小疵，致令通篇減色者。如柳耆卿
> 「對瀟瀟暮雨灑江天」一章，情景兼到，骨韻俱高。而有
> 「想佳人妝樓長望」之句。「佳人妝樓」，四字連用，俗極，
> 亦不檢點之過。……致使敲金戛玉之詞，忽與瓦缶競奏，白
> 璧微瑕，固是恨事。

陳廷焯對〈八聲甘州〉之評價褒貶參半。針對上片之評價，與歷來

評論者相去不遠，皆讚賞其情景交融、興象高遠，前文已詳細分析之，此處茲不贅述。值得討論的是，陳氏歷經清代詞學「尊體」之風潮，其對詞之主張固然與傳統觀念有所不同，認為填詞須「擇言貴雅」，因此詞作中「佳人妝樓」一句過於淺俗。固然人各有主張可矣，然融俗語入詞是否為「不檢點之過」則值得商榷。詞原本即是配合燕樂歌唱而產生的音樂文學，且多經由歌妓傳唱，作娛賓遣興之用，因此在宋代，詞被視為「小道」、「豔科」，不登大雅之堂[22]。儘管詞經由文人「雅化」，仍非完全的「雅文學」，柳永以俗語入詞，既符合當時風氣，又有何「不檢點之過」呢？

若不論詞本身之特質，而以意象經營之面向審視以俗語入詞是否不當，則須視「雅俗」並置有無違和感（是否能達成和諧統一）而定。〈八聲甘州〉之意象主要於上片廣闊、蕭瑟的秋景中開展，而襯托出下片之思鄉愁緒，所思的不只是故鄉之景，更是故鄉之人。作者因登上高樓而生愁思，進而設想對方也在思念自己，是人之常情。若與「登高臨遠」一句合看，在「象」的對比上是高樓與妝樓相對，在意的對比上是思鄉之情與閨思之情相對，因此「想佳人、妝樓顒望」一句非但不違和，反倒更顯出作者之巧思。

5. 梁啟超（1873-1929，字卓如，一字任甫，號任公，又號飲冰室主人）《飲冰室評詞》

飛卿詞「照花前後鏡，花面交相映」此詞境頗似之。

梁啟超以溫庭筠〈菩薩蠻〉之句類比此作，應當主要指「想佳人、

---

22 〔宋〕胡寅《酒邊詞・序》：「詞曲者，古樂府之末造也。……然豪放之士，鮮不寄意於此者，隨亦自掃其為，曰：瘧浪遊戲而已。」

妝樓顒望」一句之句意與之相似。柳永因登高興起思鄉之情，更懷
想遠方之佳人也正思念著自己，佳人與我有同樣的相思之情，如鏡
中花面之疊映反射。詞意固然有可類比之處，然若以「詞境」相似
論之，則有不妥。〈菩薩蠻〉主要敘寫一名閨中女子遲起後梳妝打
扮的過程，詞中之意象全由女子妝扮及閨房事物組成，為閨怨之
作，而〈八聲甘州〉之意象則由登高所見廣闊之秋景組成，旨在抒
發思鄉之愁緒，兩者無論在「象」或「意」上都不相同。

　　6. 邵祖平（1898-1969，字潭秋，別號鍾陵老隱、培風老人，
室名無盡藏齋、培風樓）《詞心箋評》

> 清壯頓挫，情聲跌宕。「霜風淒緊，關河冷落，殘照當樓」，
> 雄闊之至！「妝樓顒望」、「倚闌」、「凝眸」，沈細之至！自
> 來大詞家，多合豪放婉約為一手。

邵祖平與前人最大之不同，在於除關注上片「霜風淒緊，關河冷
落，殘照當樓」之壯闊意象外，也注意到此作在描寫細膩的思念之
情上，有其獨到之處。若只是作者單獨思念故鄉之景物、人事，尚
顯不出思念之深，若其得知遠方佳人也正思念著他，卻總歷經「過
盡千帆皆不是」的「美麗錯誤」，作者之思念想必更加深沉。〈八聲
甘州〉上片寫豪放之景，下片卻抒婉約之情，但整體而言卻能情景
交融，可見只要意象經營得當，「豪放」、「婉約」並不衝突。

　　7. 俞陛雲（1868-1950，字階青，別號斐盦）《唐五代兩宋詞選
釋》

> 起二句有俊爽之致，「霜風」、「殘照」三句，音節悲沆，如

江天聞笛，古戍吹笳。東坡極稱之，謂唐人佳處，不過如此，以其有提筆四顧之慨，類太白之「牛渚望月」，少陵之「夔府清秋」也。其下二句，順筆寫之，至結句江水東流，復能振起。後半首分三疊寫法，先言己之欲歸不得，何事淹留，次言閨人念遠，誤認歸舟，與溫飛卿之「過盡千帆皆不是，斜暉脈脈水悠悠」，皆善寫閨人心事。結句言知君憶我，我亦憶君。前半首之「霜風」、「殘照」，皆在凝眸悵惘中也。

俞陛雲之評論與前人大致相似，但以李白〈夜泊牛渚懷古〉及杜甫〈秋興八首·其二〉類比〈八聲甘州〉，來解釋「唐人佳處」，是比前人更加具體之處。前者言「登舟望秋月，空憶謝將軍」，後者言「夔府孤城落日斜，每依北斗望京華」，無論是李白望月懷古，或是杜甫觀星思鄉，皆是藉景起興，且興象高遠，與柳永〈八聲甘州〉有異曲同工之妙。此外，其言「『霜風』、『殘照』，皆在凝眸悵惘中也」，正是注意到柳永融情入景之妙處，上片營造之蕭瑟秋景，更增添了下片抒發之思鄉凝愁，可見「意」與「象」之間和諧交融，並組成了意象系統。俞氏此論兼顧前文所述「興象高遠」、「融情入景」、「雅俗交融」等特色，誠可謂集歷代評論之大成。

四　「完形理論」融入柳永〈八聲甘州〉意象系統析探

為方便分析，再次徵引全文：

對瀟瀟、暮雨灑江天，一番洗清秋。漸霜風淒緊，關河冷

落，殘照當樓。是處紅衰翠減，苒苒物華休。惟有長江水，無語東流。

不忍登高臨遠，望故鄉渺邈，歸思難收。歎年來蹤跡，何事苦淹留。想佳人、妝樓顒望，誤幾回、天際識歸舟。爭知我，倚闌干處，正恁凝愁！

有了上文「原典詮賞」與「後人評論析辨」做為基礎，此節則以「完形理論」的「七個視覺運用法則」進行詞作分析：

（一）圖形／背景法則

首句以江天作為背景，在廣闊的空間中，以「灑」字的動態感凸顯出暮色下的雨景；次句以關河、高樓作為背景，凸顯出寒冷的霜風以及夕陽的殘照。首兩句皆是以靜襯動，在蒼茫遼闊的靜態背景中，具有動態感的落雨、風吹、日照反而更容易被注意到。至次句末，讀者視線由遠而近，從瀟瀟暮雨、江天、霜風、關河，聚焦到詞人所登之高樓上，此時便可發現：全詞之主要「圖形」為登樓之人，前述之遼闊背景，不過是作為對比以凸顯出獨自登樓之詞人的孤單。下片點明登高臨遠是為遙望故鄉，讀者視線又由近而遠，此時高樓又成了故鄉之背景，凸顯出故鄉之重要，而如此重要之「圖形」，卻又是渺茫不可見者，因此詞人才發出歸思難收之嘆，讀者也在此層層遞進的描寫之中，體會出詞人深濃的愁緒。

就整闋詞而言，上片寫景為下片抒情之背景，蒼茫遼闊的秋景是為凸顯出詞人孤單、思鄉之情。可見柳永在意象經營上，層層遞進，環環相扣，確實有其獨到之處。

（二）臨近法則

就意象的選擇而言，「暮雨、清秋、霜風、殘照」皆是與時間、季節、氣候有關的意象，且夕陽下的雨、秋天、霜風、夕照皆給人一種蕭條、清冷之感，因此這些意象能彼此組成系統，更能指向相同的「意」，達成統一諧調的美感。

而「紅花凋謝、綠葉飄零、江水東流」皆是與大自然有關的意象，且皆能表達時間流逝、光陰無情之意，因此這些意象之間又組成了一組系統。

「對、望、當樓、闌干、登高臨遠」皆是由上而下，由內而外的空間意象，因此也能組合成一組意象系統，共同表達登樓遠眺、思念故鄉之「意」。

這三組意象系統之間，又能彼此聯繫，因登高臨遠，才能望見「暮雨、清秋、霜風、殘照」與「紅花凋謝、綠葉飄零、江水東流」等景象，而這種種蕭條之景，也更凸顯出思鄉之情愁。

（三）簡潔法則

在閱讀時，吾人會自動找出其中最重要的字眼，過濾掉其他的修飾干擾。詩歌之寫作目的無非是言志、抒情，根據讀詩詞的經驗，讀者會試圖找出與描寫情緒有關的句子。〈八聲甘州〉中，雖寫景的句子占了大半，然而與作者情緒有關的字眼卻也很明顯。「不忍、歸思、嘆、苦、凝愁」都與柳永的心緒反映有關，因此這些字詞才是作品的核心主旨，當讀者了解歸思之愁才是作品主旨後，自然就能將「象」與「意」連結成系統了。

（四）相似法則

閱讀作品時，雖然字詞出現順序有先後，但讀者要在心中組合成完整的意義時，不論意象間的性質是否相同，會自動將含義相似的字詞組合成一組意象系統，以此疊加增強印象。

從詞中所用意象來看，「暮雨、清秋、霜風、殘照」雖彼此之間性質不同，但暮色、雨水、秋天、冷風、夕照皆共同給人寒冷之感，因而能組合成一組系統，此為「異質同構」。

「紅衰、翠減、物華休」共同指向大自然的花草樹木，且衰、減、休三字僅是抽換詞面，皆共同表達時間流逝、萬物凋殘之意，因而能組成一組系統，此為「同質同構」者。

「渺邈、難、嘆、苦、誤、愁」等詞彙，雖具體指涉有所不同，然皆表達出「不如意」之感，因登高而興起歸思，又因故鄉渺茫難見而只能自嘆愁苦，這些表達不如意的字詞，在下片以固定的頻率富節奏感的出現，吾人自然會將其視為一組意象系統，而更加強了愁苦的體認。

三組意象系統，分別代表了寒冷、衰殘、不如意，內在的不如意與外在的寒冷、衰殘又共同交織出了一組巨大的意象系統，這也正是「融情入景」之所由來。

（五）閉合法則

詞作上片首兩句中，「暮雨、江天、清秋、霜風、關河、殘照」分開來看皆為各自獨立的意象，但由於作者巧妙將它們組合在一起，因此讀者能在腦中做連續性的想像，藉由這些意象構成一幅蕭瑟的秋景圖。下片雖以抒發抽象情感為主，然登高臨遠、望故

鄉、妝樓顒望、倚闌干等詞語，又可以構成一幅作者登高遠望的思鄉圖像。因閉合法則的作用，兩幅圖像又可以結合起來，上片圖中的秋景，正是下片圖中作者登高所見，兩幅圖像藉由作者的視野產生了連結，並非單純孤立的兩組意象。

（六）連續法則

〈八聲甘州〉上片寫景，下片抒情，若拆開來看，其實意象間的連結皆有跡可循。然而上片結尾在江水無語東流，下片則以不忍登高臨遠開頭，意象跳接迅速，上片的秋景與下片的鄉愁如何連結？

一首作品中的意象可能會迅速跳接，但視覺印象的連續法則仍讓我們能將其聯繫起來，形成完整的意象系統。上片「殘照當樓」句與下片的「登高臨遠」中間雖然間隔著其他意象，讀者還是能夠將「樓」與「登高」連結起來，再組合詞中諸如「對、望」等字，即能明白上片之景與下片描寫登臨之事有關，而登臨所見之景，又與興起的鄉愁有關，環環相連、層層遞進，構成完整的意象系統。

（七）對稱法則

從動與靜的對稱來看，「紅衰翠減，苒苒物華休」與「長江水，無語東流」相互對比，此處蘊含著短暫與永恆、變與不變的辯證，從變的角度言，萬物皆會凋零，美好終究會消逝；從不變的角度言，江水仍一如往昔向東流去，不捨晝夜。而江水無語，更凸顯了此種物是人非的感受。

從意義上的對稱來看，「不忍登高臨遠」與「望故鄉渺邈」相互對比，雖言不忍登高，實際上卻已倚闌久立，否則又怎能得知故鄉渺邈？明知登高會興起難解的鄉愁，自言不忍卻又忍不住思念，以

此曲折對比、一開一闔的寫法，更能顯示出作者鄉愁之殷切深沉。

另一組意義上的對稱，為「想佳人，妝樓顒望」與「爭知我，倚闌干處，正恁凝愁」對比，其中曲折之處，在於詞人能想見遠方之佳人正在遙望等候歸舟，遠方之佳人卻無由得知詞人究竟身在何處——歸鄉無計，苦自淹留。

綜合言之，以「完形理論」的「七個視覺運作法則」分析〈八聲甘州‧對瀟瀟暮雨灑江天〉，可以讓我們更清楚作品中的意象系統是如何運作的，為了方便分析，不得不將各個意象拆開來解說，然而有不少詞句都是同時交相運作著多種法則，且每個意象也不只有一種解讀方式。由此可見，此詞意象系統的構成十分複雜！經由「完形理論」的系統分析，讓我們更加確定：優秀的作品經得起各個角度的檢視。

五　結語

一首好的詩歌作品，須具備完整的意象系統，且系統間必然有一定的邏輯脈絡可循，然而傳統之意象分析方式，難以將意象系統間千絲萬縷的關係闡述清楚。雖然每個人對作品的解讀都是主觀的，然而在主觀解讀之中，也存在著能夠客觀分析之理。藉由格式塔心理學派「完形理論」，得以讓吾人以更科學、更系統化的方式去解讀、滲透作品的意象。

本文經由「完形理論」的融入分析，得以對柳永〈八聲甘州‧對瀟瀟暮雨灑江天〉的意象組織與系統有更深入的了解，也明白歷來評論者推崇此作之緣由，更證明了蘇軾對其「不減唐人高處」的美譽其來有自！

參考文獻

（依引用先後次序排列）

〔宋〕柳永著，薛瑞生校注：《樂章集校注》（北京：中華書局，
　　2012年6月）。

國立編譯館主編：《十三經注疏分段標點》（臺北：新文豐出版社，
　　2001年6月1日）。

樓宇烈：《王弼集校釋》，《周易注・略例》（臺北：華正書局，2006
　　年）。

周振甫：《文心雕龍今譯：附語詞簡釋》（臺北：中華書局，2013年
　　9月1日）出版。

張伯偉：《全唐五代詩格彙考》（南京：鳳凰出版社，2002年）。

〔宋〕陳應行：《吟窗雜錄》，見王夢鷗：《古典文學論探索》（臺
　　北：正中書局，1984年），初版。

〔明〕王廷相著，王孝魚點校：《王廷相集》（北京：中華書局，
　　1989年）。

〔清〕章學誠：《文史通義》（臺北：華世出版社，1980年）。

余光中：《掌上雨》（臺北：大林出版社，1969年）。

歐麗娟：《杜詩意象論》（臺北：里仁書局，1997年）。

朱光潛：《朱光潛全集》（合肥：安徽教育出版社，1987年8月），初
　　版。

柯勒著，李姍姍譯：《完形心理學》（臺北：桂冠出版社，1998
　　年），出版。

李澤厚：《李澤厚哲學美學文選》（臺北：谷風出版社，1987年5
　　月），出版。

〔宋〕陳振孫：《直齋書錄解題》（《景印文淵閣四庫全書》〈史部〉），冊674，卷21。

〔清〕王國維著，滕咸惠校注：《人間詞話新注》（臺北：里仁書局，1994年11月），初版3刷。

〔宋〕柳永著，陶然、姚逸超校箋：《樂章集校箋》（上海：上海古籍出版社，2016年6月）

葉嘉瑩：《唐宋詞名家論稿》（臺北：大塊文化，2013年10月），初版。

以「完形理論」分析秦觀之〈望海潮‧梅英疏淡〉

林慶彥

臺灣師範大學國文學系碩士班

摘要

　　本文透過傳統的文本分析以爬梳後人的點評，以及運用格式塔理論的輔助，剖析秦觀〈望海潮‧梅英疏淡〉的意象系統。如此層層探析，掌握了這闋詞中的意象脈絡與組織，深入瞭解這些脈絡組織與詞情展現相互的關聯，俾能拓展對北宋詞人秦觀貶謫後的詞作之認識，並且使這闋詞的意象系統、深沉情感，可以被清晰而有條理的呈現。

關鍵詞：秦觀、望海潮、詞話評論、格式塔、完形理論、意象

一　前言

　　秦觀，北宋人（1049-1100），字少游，號淮海居士，創作繁多，遍及詩詞文賦。秦觀在文壇中，詞名頗盛，詞較詩受肯定，[1]後人對於秦觀的評論，多關注其婉約風格、細膩詞情之展現。[2]

　　秦觀一生仕途不順，流徙各地，如此際遇，讓他創作出感懷、思家的作品。這類作品如〈踏莎行‧霧失樓臺〉、〈望海潮‧梅英疏淡〉等均極出色。而〈踏莎行‧霧失樓臺〉備受關注，[3]然〈望海潮‧梅英疏淡〉卻較少被討論。

　　「望海潮」這個詞牌，由柳永所創，[4]秦觀創作了四闋〈望海潮〉：一闋傳遞兒女柔情，[5]兩闋作於元豐時期，為懷古詞，[6]最後

1　〈詞品‧序〉：「宋人如秦少游、辛稼軒，詞極工矣，而詩殊不強人意。」〔明〕楊慎：《詞品》，見唐圭璋：《詞話叢編》（北京：中華書局，2005年），第一冊，頁408。《四庫全書總目提要》：「觀詩格不及蘇黃，而詞則情韻兼勝，在蘇黃之上。」參〔清〕紀昀等編：《四庫全書總目提要》（新北：漢京出版社，1981年，據《武英殿本》影印），《集部‧別集類七》卷154。

2　如沈祥龍《論詞隨筆》：「詞之蘊藉，家還少游、美成，然不可入於淫靡。」〔清〕沈祥龍：《論詞隨筆》，見唐圭璋編：《詞話叢編》，第5冊，頁4508。蔣兆蘭《詞說》：「詞家正軌，自以婉約為宗……逮乎秦柳，始極慢詞之能事。」〔清〕蔣兆蘭：《詞說》，見唐圭璋編：《詞話叢編》，第5冊，頁4632。

3　《冷齋夜話》：「東坡絕愛其尾兩句，自書於扇曰：『少游已矣，雖萬人何贖。』」〔宋〕釋惠弘：《冷齋夜話》，見胡仔著、廖德明校點：《苕溪漁隱叢話》（北京：人民文學出版社，1962年），卷50，頁339。

4　〔宋〕柳永著，胡傳志、袁茹解評：《柳永集》（山西：山西古籍出版社，2004年），頁201。

5　該闋為〈望海潮‧奴如飛絮〉。參〔宋〕秦觀著、秦寶廷校：《淮海居士長短句考異》（北京：線裝書局，2016年），頁11-13。

6　這兩闋分別為〈望海潮‧星分牛斗〉、〈望海潮‧秦峰蒼翠〉。參〔宋〕秦觀著、秦寶廷校：《淮海居士長短句考異》，頁3-8。

一首〈望海潮・梅英疏淡〉為遭貶後的懷鄉思歸之作。最後一首〈望海潮・梅英疏淡〉與秦觀其他詞作不同，不是描述兒女情長，也不是懷古如柳永歌頌汴京的富麗堂皇，而是寄寓自身因黨爭而被貶[7]的感慨和無奈，傳達深沉且灰暗的心緒。

　　本文藉由傳統的文本詮釋、後人評析和西方格式塔理論[8]以剖析這闋詞，深入解讀秦觀遭貶的幽微心情與詞境。下文先分析這闋詞與後人評析，之後以格式塔理論解析這闋詞的意象系統，期能更清楚的掌握全詞的意象系統和整體性。

二　〈望海潮・梅英疏淡〉原典詮賞與後人評析

　　〈望海潮・梅英疏淡〉作於北宋哲宗紹聖元年（1094），當時舊黨失勢，與舊黨相關的文人盡皆遭受貶謫，秦觀也不例外，〈望海潮・梅英疏淡〉[9]原文如下：

7　〈秦觀詞集・序言〉提到紹聖元年，高太后去世，哲宗上任，新黨上臺，蘇軾遭貶，秦觀因為和蘇軾過從甚密，也一同被貶。參〔宋〕秦觀著，徐培鈞編：《秦觀詞集》（上海：上海古籍出版社，2016年），頁148。

8　「格式塔」理論將於第三節時詳細介紹，本文有關「格式塔」理論的介紹係參酌庫爾特・考夫卡（Kurt Koffka），李維翻譯：《格式塔心理學原理》和潘麗珠主編：《格式塔理論融入古典詩意象分析之探索》。庫爾特・考夫卡（Kurt Koffka），李維翻譯：《格式塔心理學原理》，（北京：北京大學出版社，2010年）。潘麗珠主編：《格式塔理論融入古典詩意象分析之探索》（臺北：新學林出版社，2014年）。

9　〈望海潮・梅英疏淡〉於《草堂詩餘》副題為「春景」，於《詞綜》、《國學從書本》等則作「洛陽懷古」。見〔宋〕秦觀著、秦寶廷校：《淮海居士長短句考異》，頁8-9。

> 梅英疏淡，冰澌溶泄，東風暗換年華。金谷俊遊，銅駝巷
> 陌，新晴細履平沙。長記誤隨車。正絮翻蝶舞，芳思交加。
> 柳下桃蹊，亂分春色到人家。
> 西園夜飲鳴笳。有華燈礙月，飛蓋妨花。蘭苑未空，行人漸
> 老，重來是事堪嗟。煙暝酒旗斜。但倚樓極目，時見棲鴉。
> 無奈歸心，暗隨流水到天涯。[10]

下文將依照這闋詞的內容進行詮釋，並探究前人對於此詞的評析。

（一）原典詮賞

這闋詞以冬春相繼為開端，梅花疏淡、[11]流冰溶冰，冰水滋潤
大地，復甦萬物，這一切的改變與「春意」的悄悄到訪密切關聯，
暗換時序，[12]詞人勾勒殘冬之痕，卻未顯露殘冬之衰。節序流轉，
溫和悄然，不易捕捉，在大自然中的植物早一步察覺、改變，詞人
因而知覺外在的遞嬗，懷想到過往的春日情事。

過往的回憶圍繞在洛陽勝景，金谷園青年才俊一同賞遊，行遍
銅駝巷陌。金谷園為西晉時石崇宴客之處，熱鬧繁華，[13]銅駝巷也

---

10 本詞文字據乾道本《淮海居士長短句》為底本，見〔宋〕秦觀著、秦寶廷校：
　《淮海居士長短句考異》，頁1。

11 《秦觀詞集》：「花雖多品，梅最先春，始因暖律之潛催，正值冰澌之初絆。」
　見〔宋〕秦觀著，徐培鈞編：《秦觀詞集》，頁165。

12 不少詩句透過東風與不同動詞的搭配，顯示春天的到來，如：李適〈中和節賜
　群臣宴賦七韻〉：「東風變梅柳，萬匯生春光。」李白〈長歌行〉：「東風動百
　物，草木盡欲言。」見〔清〕彭定求：《全唐詩》（河南：中州古籍出版社，
　2008年），卷4、19，頁20、101。在第二節第二部分將提到李鵬龍和周濟針對
　「東風暗換年華」的「換」字如何詮解。

13 文人經常將「金谷」入詩詞，而「金谷」在詩詞中用意甚多，「金谷」能單純表

是熱鬧喧騰之處。[14]詞人與才俊於金谷游、銅駝聚，在初晴之際，緩步輕踏，愜意自在。此處用「新」形容「晴」，而非用「初」，予人一種精神煥發之感，從「新晴」、「細履」可以感受到在回憶中的詞人，心情愉快。哪怕「誤隨車」[15]也無妨。只要快樂，漫無目的也沒關係，快樂和閒適才最為重要，於是成為詞人所懷念的回憶，畢竟當時的氛圍，被貶謫的此際再也無法享受到了。

當時的信步閒散，也讓同遊之人把將春景盡收眼底：飄盪在空中的柳絮、紛飛的蝴蝶，還有柳樹下的桃花徑，將春色分送到各戶人家，透過「分」、「到」等動詞的運用，助靜景活潑生動，充滿生機。[16]「亂」則道出春意滿溢，恣意分送也無妨。由此可見，春意之盛，春光之爛漫。[17]

繁華，也成為文人懷古之地，用以警惕或對比今昔。如：〔唐〕杜李清〈詠石季倫〉：「金谷繁華石季倫，只能謀富不謀身。」〔唐〕杜牧〈金谷懷古〉：「淒涼遺跡洛川東，浮世榮枯萬古同。桃李香消金谷在，綺羅魂斷玉樓空。往年人事傷心外，今日風光屬夢中。」見〔清〕彭定求：《全唐詩》，卷204、526，頁981、2727。

14 〔晉〕陸機〈洛陽記〉：「洛陽有銅駝街，漢鑄銅駝兩枚，在宮南四會道相對。俗語曰：『金馬門外集眾賢，銅駝陌上集少年。』」見《太平御覽》（北京：中華書局，1960年），卷158，頁770。在不少詩句中，「金谷」、「銅駝」一併出現，呈現出一種繁華喧囂之貌，如：〔唐〕劉禹錫〈楊柳枝〉：「金谷園中花亂飛，銅駝陌上好風吹。」〔唐〕駱賓王〈豔情代郭氏答盧照鄰〉：「銅駝路上柳千條，金谷園中花幾色。柳葉園花處處新，洛陽桃李應芳春。」見〔清〕彭定求：《全唐詩》，卷28、卷77，頁180、387。

15 「誤隨車」該典故出自韓愈《游城南十六首賽神・嘲少年》：「只知閒信馬，不覺誤隨車。」見〔清〕彭定求：《全唐詩》，卷343，頁1746。

16 張春榮提到句法要靈活變化，和名、動詞的運用密切相關，善用動詞可以化靜態為動態，使畫面生動。見張春榮：《作文新饗宴》（臺北：萬卷樓圖書公司，2002年），頁289。

17 《淮海後集長短句》：「可人風味在此，語意殊絕。」為卷上「柳下」二句眉批。見〔宋〕秦觀著：《秦觀詞集》，頁166。「柳下」二句被認為風味在此，語

　　到了夜晚時候，眾人宴飲西園，[18]樂聲不絕於耳。燈火通明，直掩月光清輝；車蓋飛馳，碰傷了花朵，妨礙花朵落下；人來人往，熱鬧至極。筆走至此，回憶戛然而止。詞人藉由較多的句子層層鋪墊白天的景色，最終迎來夜晚的高潮。如此春景，此時已經無法體會，只存在於回憶之中。

　　如今的蘭苑，雖有春景，但來往的人卻不似當年意氣煥發，詞人亦同，因黨爭而遭遇貶謫，無奈又神傷，所以老去的可能不只是容貌，還有心態，[19]過往的美好總是讓現下失意的人懷念，縱有千言萬語，也只能化作一聲歎息，而這聲嘆息，或許還暗有受外在政治的打壓卻不能為外人言道之苦。

　　夜幕降臨，詞人透過店鋪已收的方式呈現，「暝」和「斜」的使用，以一種獨特的視角描繪茫煙消散和酒旗橫倚的情景。夜幕籠罩之後，秦觀登高望遠，[20]所見所感，觸動詞心。消散的茫煙、斜

意殊絕，恰恰是因為秦觀採用的筆法特殊。這句話與「桃李不言，下自成蹊」的句法類似，但秦觀卻轉化了用字，以形容春景，使春景更加生動，讓人能反覆品味。

18 《秦觀集編年校注（下）》提到西園事跡，可以參〈西城宴集元祐七年三月上巳日〉。〈西城宴集元祐七年三月上巳日〉：「春溜泱泱初滿池，晨光欲轉萬年枝。樓臺四望煙雲合，簾幕千家錦繡垂。風過忽聞花外笑，日長時奏水中嬉。太平誰謂全無象，寫在群仙把酒時。」透過這首詩的歡快氣氛，可知當時秦觀是十分快樂的，所以才會如此懷念。見〔宋〕秦觀著，周義敢、程自信、周雷編注：《秦觀集編年校注（上）（下）》（北京：人民文學出版社，2001年），卷11、39，頁233-235、838。

19 「老」字的使用也出現在秦觀貶謫後的詞作之中，如作於紹聖元年，於汴京被貶往杭州之際的〈風流子〉（東風吹碧草）：「東風吹碧草，年華換，行客老滄洲。」此處的行客也有指涉自己的意味，老也不僅是指外貌，同時也包含心態。見〔宋〕秦觀著，徐培鈞編：《秦觀詞集》，頁177。

20 柯慶明提到，「樓」和「亭」分別是不同的特質的觀賞建築，樓的高聳，會使人

倚的酒旗、歸巢的烏鴉，處處襯托出詞人無法停歇、休憩的態勢，因為遭受政治打壓，一切都不能如詞人的意停歇下來，他還需要繼續啟程，也不知何時才可以休息；想找同類相敘，卻發現只有自己孤孤單單。

這一切對詞人來說，只能用「無奈」二字概括，「無奈」的背後有悲傷、埋怨、憤怒等情緒，還有勉強按耐歸心之情，將這些情感揉合之後所表現出的隱忍，唯有沉重的「無奈」二字可以概括。身既然無法歸，心只能暗隨流水「到」[21]自己想去的地方——家鄉，「暗」字傳達了詞人期期渴欲的歸思，在無人察覺時悄悄的回到可以安放自己身心的所在。

整首詞透過詞人懷念過往的美好時光，對比現今生活的飄泊伶仃而落寞；藉由過往漫無目的但擁有快樂，對比現今有落腳之處卻無法主宰自我的憂傷。然而，這只是詞人貶謫的開始，之後還有近六年的羈旅生活，猶是沒能回到京城施展抱負，直至生命終了的最後一刻。

登上後，便呈現一個偏於靜止的狀態，也因為這種狀態所以能讓人觀望四周，形成一種連續的「視覺空間」，完整的閱覽周遭景物。登高望遠所見之景，不僅提供一種深具人文、歷史的內涵網路關聯，也會因為「觀者」的特殊體會，使這些景觀發出特殊的個人反映，呈現出獨特的意義。參柯慶明：〈從亭臺樓閣說起：論一種另類的遊觀美學與生命省察〉，《臺大中文學報》第11期，（1999年5月），頁127-183。

21 在這闋詞中「換」、「分」、「礙」、「妨」、「暝」、「斜」、「到」這些動詞的運用，運用了「擬人修辭」。蔡謀芳：《修辭二十五講—表達的藝術》（臺北：三民書局，1990年），頁11-14。使這闋詞的靜景富有一種動態感，而不少詞評也針對這些動詞的運用作出點評，這部分會於下文詳述。

（二）後人評論

　　由於這闋詞在秦觀眾多的詞作中，並未如〈鵲橋仙・纖雲弄巧〉、〈浣溪紗・漠漠輕寒上小樓〉、〈踏莎行・霧失樓臺〉受到眾多名家的點評，因此下文在闡析後人評論的同時，也會將其他針對秦觀總體風格所提出的相關詞評，併同探析。

　　1.〔明〕李攀龍（1514-1570，字於鱗，號滄溟）《草堂詩餘》[22]

借桃花綴梅花，風光百媚，停杯騁望，有無限歸思隱約言先。自梅英吐、年華（換），說到春色亂分處，兼以華燈、飛蓋、酒旗，一寓目盡是旅客增怨，安得不歸思如流耶？

李攀龍提到：秦觀〈望海潮・梅英疏淡〉中的景，處處揭示歸思，但「華燈」、「飛蓋」、「酒旗」出現的時間點不盡相同，前兩者在過往的回憶中出現，最後一者則是當下眼前所見，前兩者所展示的是過往回憶絢爛、光彩的一面，用以凸顯回憶不在，觸動了人的歸思，而因為這些美好的回憶不在，也無法被創造，於是興嘆何不歸去？酒旗斜倚，猶如一個人夜歸休息，撩動詞人的心弦。因此李攀龍這則點評，點出了愁人所見，處處添愁，可見，秦觀的愁思早已融入景物之中，形成一個個散發愁緒的意象[23]，情景彼此綰合，正

22　〔明〕李攀龍：《草堂詩餘雋》，見〔宋〕秦觀著，徐培鈞編：《秦觀詞集》，頁166。

23　黃永武：「作者的意識與外界的物象相交會，經過觀察、審思與美的釀造，成為有意境的景象。」黃永武：《中國詩學・設計篇》（臺北：巨流出版社，1999年），頁3。胡雪岡也提到「意象」是詩人透過內心觀照、藝術構思、立意盡象一連串的過程形成，具備藝術感染的作用，意象的相互組合，形成一種意象

是精心安排，才讓詞中愁情的氛圍不會顯得突兀造矯。

　　2.〔清〕周濟（1781-1839，字保緒，一字介存，晚號止庵）
《宋四家詞選眉批》[24]

　　　　兩兩相形，以整見動。以兩「到」字作眼，點出「換」字
　　　　精神。

周濟說〈望海潮‧梅英疏淡〉中兩個「到」字動詞的運用，正是詞
眼所在！動詞的運用在詩詞創作中十分重要，時有畫龍點睛之效，
秦觀運用之，並且讓這三個動詞相互串銜，意意相接。過往的回憶
是春色亂分「到」人家，如今卻是暗隨流水「到」天涯，而這種差
異，恰恰只隔了一個東風暗「換」年華。因此，「換」如同一條絲
線，將兩個「到」串起來，且其中第二個「到」前面有「暗」字修
飾，與「換」前面的「暗」字相互呼應，隱含過往的歡快可以直
抒，如今的無奈只能暗藏。透過短短數句，周濟便道出秦觀詞中巧
妙運用動詞其背後之精神，讓吾人可以捕捉到秦觀用字遣詞之中的
幽微心境。

　　3. 陳廷焯（字亦峰，又字伯與，1853-1892）《白雨齋詞話》[25]

　　　　少游詞最深厚，最沈著。如「柳下桃蹊，亂分春色到人家」
　　　　思路幽絕，其妙令人不能思議。較「郴江幸自繞郴山，為誰

群，會增加作品的藝術感染力。胡雪岡：《意象範疇的流變》（上海：百花洲文
藝出版社，2009年），頁101-103。

24　〔清〕周濟：《宋四家詞選眉批》，見唐圭璋編：《詞話叢編》，第2冊，頁1652。

25　〔清〕陳廷焯：《白雨齋詞話》，見唐圭璋編：《詞話叢編》，第4冊，頁3785。

流下瀟湘去」之語，尤為入妙。世人動訾秦七，真所謂井蛙
謗海也。

陳廷焯認為秦觀詞底蘊深厚、情感沉著，如〈望海潮・梅英疏淡〉
的「柳下桃蹊，亂分春色到人家」句，一「亂」字呈現了秦觀構句
的特殊思路：大自然的手是多麼隨興，讓人意想不到，如此靈活運
用文字以表達鮮活的情思，卻屢屢遭受詆毀、笑罵，實在荒唐。秦
觀詞作感情厚實，底蘊充足，絕非濫情，再加上他匠心獨運的用字
遣詞，讓詞作值得反覆品味，所以陳廷焯才會認為那些看不起秦觀
的人是井底之蛙。陳廷焯所關注秦觀詞的幾個部分，與張炎對於秦
觀詞作的看法不謀而合，張炎於《詞源》中曾說：「秦少游詞體制
淡雅，氣骨不衰，清麗中不斷意脈，咀嚼無滓，久而知味。」[26]認
為秦觀的詞作，氣質淡雅，然淡雅的氣質卻能持續、不衰微，能讓
人從清麗的文詞中感受到秦觀的意緒脈絡，頗耐反覆咀嚼、品味，
〈望海潮・梅英疏淡〉詞不僅被陳廷焯認為具有妙思，同時也符合
張炎所說，值得反覆品味其中深意和情思，值得細細賞思而後可得
其味。

　　4. 俞陛雲（1868-1950，字階青）《唐五代兩宋詞選釋》[27]

前段紀昔日遊觀之事，轉頭處「西園」三句，極寫燈火車騎
之盛。惟其先用重筆，故重來感舊，倍覺淒清。後段真氣流
轉，不下於「廣陵懷古」之作。

26　〔宋〕張炎著：《詞源》，見唐圭璋編：《詞話叢編》，第1冊，頁267。
27　俞陛雲：《唐五代兩宋詞選釋（上）》（上海：上海古籍出版社，2011年），頁184-
　　185。

俞陛雲認為〈望海潮‧梅英疏淡〉的上闋著重描繪過往遊玩的回
憶，節奏舒緩，突然一改節奏，以一種濃豔重彩的方式，極寫夜宴
之樂。回憶會經由時間的流逝而褪色，但是為何這段回憶沒有在秦
觀心中褪色泛淡？正因為太深刻了，使得自己始終無法忘懷，雖然
明知懷念過往後，仍須面對現實，備感艱辛，然若沒有過往可以懷
念，將無法讓他支撐往後的生活，這才以濃豔的方式，描述過往，
以彰顯回憶中情景的美好。也正因為如此，才使得這闋詞有了強烈
的今昔對比，呈現出現下一種不言而喻的淒清氛圍。藉俞陛雲的點
評，能使吾人對秦觀採用今昔對比之手法，所產生的影響，有更清
楚的認識，也可以更加掌握整闋作品的詞情和閱讀的切入點，體會
秦觀文字背後的幽咽嘆息。

5. 吳梅（1884-1939，字瞿安，號霜崖）《詞學通論》[28]

> 少游格律細，故運思所及，如幽花媚春，自成馨逸，其〈滿
> 庭芳〉諸闋，大半被放後作，戀戀故國……其用心不逮東坡
> 之忠厚，而寄情之遠，措語之工，則各有千古。他作如〈望
> 海潮〉云「柳下桃蹊，亂分春色到人家。西園夜飲鳴笳。有
> 華燈礙月，飛蓋妨花。」……此等句皆思路沉著，極刻劃之
> 工，非如蘇詞之縱筆直書也。

吳梅認為秦觀的詞，格律細緻，運思妙筆生花，氣質獨特。被貶謫
後，作〈滿庭芳〉等詞，內容多懷鄉思國，呈現詞人對於家國的情
感，吳梅雖認為秦觀詞作所傳遞的用心不及東坡忠厚（實則非直

---

28 吳梅：《詞學通論》（上海：上海古籍出版社，2011年），頁77。

書、不顯豁之故），但秦觀詞作中悠遠的情感寄託、細膩的遣詞用字，卻很值得欣賞，與東坡可說各有千秋，並且舉〈望海潮·梅英疏淡〉「柳下桃蹊，亂分春色到人家。西園夜飲鳴笳。有華燈礙月，飛蓋妨花」為例，認為這樣的文句，雖然不似蘇軾那般直抒胸臆，卻顯現沉著的思維，細膩的刻畫，肯定被後世注目。

吳梅對於秦觀詞作中文句之點評，頗中肯綮，也點出秦觀和蘇軾的差異，彰顯二人的特質，秦觀遣詞用字細膩，並且情感、寄託悠遠，使作品蘊含言外之意，自成一格，由〈望海潮·梅英疏淡〉中對於過往回憶片段的刻畫便能得知。秦觀對於這段回憶的刻畫之所以如此精細，恰恰反襯、凸顯了如今情況的蕭索，越繁華絢爛的過往，越容易凸顯現今的無可奈何和蕭瑟淒涼，秦觀不是直陳悲痛，而是透過今昔對比的方式呈現，這種方式展現了秦觀鋪排結構「以樂景寫哀情」的高超藝術。

三 「完形理論」融入秦觀〈望海潮·梅英疏淡〉意象系統析探

接下來，將介紹「完形理論」的「四大基礎」和「七大法則」，並闡述這些基礎和法則，如何應用於〈望海潮·梅英疏淡〉的意象群之脈絡，使之構成系統，型塑更加豐富的意涵。

（一）完形理論運用——四大基礎

四大基礎分別是：「整體性」、「具體化」、「組織性」、「恆長性」。（要義詳見下述，可參考本書第一篇文章）以下，將分述這四點融入〈望海潮·梅英疏淡〉的理解與運用。

1 整體性

　　整體性的意思是當一個人要分辨一件事物時，會透過視線的快速移動，同時掃描腦海過往的回憶，分辨該物的總體輪廓。〈望海潮‧梅英疏淡〉，詞人透過自身的雙眼，捕捉到已經不再那麼熱鬧的西園蘭苑，立刻回想到過往的鬧熱繽紛，因而產生了「今非昔比」的感嘆。

2 具體化

　　當視覺受到刺激，會對周遭的環境空間，同步產生訊息解讀，大腦會自動填補缺失、留白的空隙，將之具體化以創造出一個相對完整的訊息，使能理解所觀察到的事物。詞人看到早梅和流水，察覺春天降臨、周邊時序轉變，由冬至春、由早至晚，這些變化所給予的視覺刺激，具體的凝結出自己的歸心勃發，欲隨流水到天涯之憂愁情緒。

3 組織性

　　一件事物有時候包含兩種以上的解釋，而我們的大腦在同一時間點，只會提供一種解讀方式，無法在同一時間「看到」兩種以上的解讀方式，但事過之後，大腦仍然可以將之組織在一起，形成解讀上的多義性和豐富性。以〈望海潮‧梅英疏淡〉的最後一句為例，「無奈歸心，暗隨流水到天涯」中的「流水」，初看時會當作承載歸心的載體，進一步再看時，又會發現「流水」和上闋開篇的「冰澌溶洩」相互呼應。因此，「流水」這詞彙出入虛實，在虛的方面，流水承載詞人歸心；實的方面，流水恰好是流冰溶化而成，說明春天的到來。

4 恆長性

　　無論事物如何變形、轉變，觀察者仍可以透過觀察而掌握對象的輪廓，了解對象為何，這是一種經年累月積學的恆常慣性。在〈望海潮・梅英疏淡〉中，「行人漸老」、「煙暝酒旗斜」、「棲鴉」都指向了欲歸鄉的詞人，本就對朝廷不抱希望，對貶謫感到無奈，在見到這些景象之際，歸鄉心情更難壓抑，吾人透過這些外在景物的繫連，能在表層意義之後更清楚瞭解深層意義的詞人之心。

（二）完形理論運用——七大法則

　　完形理論有七項法則，分別為：「圖形／背景法則」、「臨近法則」、「簡潔法則」、「相似法則」、「閉合法則」、「連續法則」和「對稱法則」。下文採用這七個法則闡釋〈望海潮・梅英疏淡〉中的意象和視覺空間。

1 圖形／背景法則

　　當觀察者聚焦在某個點時，其餘景物會模糊成背景，而〈望海潮・梅英疏淡〉中，詞人在春景中被凸顯，這闋詞的春景分成回憶跟當下，然不論何時的春景，詞人皆是景中的焦點。在回憶之中，詞人身處西園、銅駝巷，信步閒適，夜宴時候把酒言歡，如今只能在黃昏中倚樓眺望，孤身一人。過往的熱鬧與當下的黃昏，都是詞人的背景，呈現出過往回憶的絢爛和如今的蒼茫。背景的作用在於突出詞人的孤寂。

2 臨近法則

　　物品的空間接近或時間臨近，在視覺上容易將其視為一個整

體。在〈望海潮‧梅英疏淡〉中，景物的排列和臨近法則密切相關，以下分成「回憶時的春景」和「當下的春景」兩個部分論述。

「回憶時的春景」這部分：「金谷」、「銅駝巷陌」為青年才俊匯聚、遊賞之地，常有青年才俊的聚集，因此呈現出一種活潑的氛圍。「絮翻蝶舞」、「芳思」、「柳下桃蹊」、「亂分春色到人家」展現幾個春意生動的特徵，使人感到春天生機盎然蓬勃。「新晴」、「平沙」則揭示天氣和煦，風平沙靜，更增添春景的美善。「西園夜飲鳴笳」、「華燈礙月，飛蓋妨花」這些景物、排場，將夜宴的盛大、春宵的歡愉烘托到最高點。臨近鋪排的場景，形成閱讀印象的正增強。

「當下的春景」這部分：「梅英疏淡，冰澌溶泄」春景並列，告訴讀者春意悄至。夜幕降臨，「煙暝」、「酒旗斜」、「棲鴉」這些觸動自己疑惑何時能夠休息之物一同羅列，盡收眼底，反襯且暗示了自己無法掌握的休與歇。「歸心」、「流水」這些向家鄉移動的事物，呈現了詞人亟欲回鄉、紛亂的惆悵心緒。

3　簡潔法則

摒除周遭複雜的元素，直接掌握事物的核心本質。排除眾多景物的描寫，這闋詞直指「歸鄉」，因為黨爭而遭遇貶謫，讓詞人流離疲憊想要「歸鄉」安頓身心，是這闋詞的意旨，而今昔景物的描寫和對比，更加強了歸鄉之心與無法停歇的莫可奈何。

4　相似法則

物品大小、屬性等特質相似，可被歸為同類、同個系統。「金谷」、「銅駝」皆為地點，為年輕才俊、名士燕遊之處，也是故地重遊的神傷之處。「絮翻」、「蝶舞」為自然之物，都在春天出現，呈

現春意翩韆，翩然婆娑之貌。「華燈」、「飛蓋」是人為之物，展現夜宴的熱鬧，人群雜沓之狀。「煙暝」、「棲鴉」為準備休憩之物，揭示詞人對於貶謫一途的蒼茫和無奈。

5 閉合法則

圓形有缺，方形缺四個角，但一般人還是會把有缺的圓視為圓，缺角的方視為方，這正是閉合法則。「蘭苑未空，行人漸老，重來是事堪嗟。煙暝酒旗斜。但倚樓極目，時見棲鴉。無奈歸心，暗隨流水到天涯。」這一段由昔轉今，物是人非，轉銜到春天夜景的蕭瑟，看似不連貫的句子，都是直指「東風暗換年華」，一切皆悄然變改之意。

6 連續法則

視覺接受刺激，會將彼此連續成為圖形者，相互組合，即使中間跳躍、無連續關係，也不妨礙將這些彼此連續成為圖形者視為一個整體。「西園夜飲鳴笳。有華燈礙月，飛蓋妨花」透過華燈、飛蓋對於「月」和「花」的妨礙，直指花月美好、宴會歡愉以及「金谷俊遊，銅駝巷陌」的流金歲月。

7 對稱法則

人們會將高矮、胖瘦、遠近、左右等具備對稱性的事物相互串聯，視為有關聯的整體。從大處著眼，整闋詞過往的回憶和現代的情景相互對稱，今昔對比；「煙暝酒旗斜」則與「倚樓極目」的詞人相互對比。

以上，透過完形理論「四個基礎」和「七個法則」的說明、分

析，可以讓我們更深入了解〈望海潮‧梅英疏淡〉的意象系統和情感關聯，強化了對這闋詞的藝術表現更為清楚的認知，觀微知著，有助於吾人了解秦觀詞中情感的細膩、深沉，實為婉約大家之手筆。

四　結語

　　秦觀重要的人生經歷大致與仕途相關，黨爭、貶謫接踵而至，影響了他的創作，從紹聖元年開始，秦觀便一路被貶，直至終老。紹聖元年是他貶謫的開始，在此之前，雖也遭忌，但終有起時，而這次不同，貶謫持續，沒有盡頭，〈望海潮‧梅英疏淡〉正是作於貶謫開始的時候。

　　藉由後人的評論和格式塔理論的融入，可以了解〈望海潮‧梅英疏淡〉的思維結構和用字遣詞，以及意象群的鋪排與銜接，層層剖析詞作的藝術手法，了解創作手法對作品所產生的影響，並且知曉手法對於詞情拓展的功用，如〈望海潮‧梅英疏淡〉之中的「到」和「換」彼此聯繫，形成一種「暗線」，而意象如同這條線上的串珠，透過理論的輔助，能更清楚了解這些串珠彼此輝映的細微處，也能掌握詞人用心安排意象背後所含藏的深沉情感，從而讓吾人理解秦觀詞的婉約沉著與細膩，以及他貶謫後的人生關聯。

參考文獻

一 古籍

〔宋〕柳永著，胡傳志、袁茹解評：《柳永集》（山西：山西古籍出版社，2004年），頁201。

〔宋〕秦觀著，周義敢、程自信、周雷編注：《秦觀集編年校注（上）（下）》（北京：人民文學出版社，2001年），卷11、39，頁233-235、838。

〔宋〕秦觀著、秦寶廷校：《淮海居士長短句考異》（北京：線裝書局，2016年），頁1-13。

〔宋〕秦觀著，徐培鈞編：《秦觀詞集》（上海：上海古籍出版社，2016年），頁148、165-166、177。

〔宋〕釋惠弘：《冷齋夜話》，見胡仔著、廖德明校點：《苕溪漁隱叢話》（北京：人民文學出版社，1962年），卷50，頁339。

〔宋〕張炎著：《詞源》，見唐圭璋編：《詞話叢編》（北京：中華書局，2005年），第1冊，頁267。

〔明〕李攀龍：《草堂詩餘雋》，見〔宋〕秦觀著，徐培鈞編：《秦觀詞集》，頁166。

〔明〕楊慎：《詞品》，見唐圭璋：《詞話叢編》（北京：中華書局，2005年），第一冊，頁408。

〔清〕彭定求：《全唐詩》（河南：中州古籍出版社，2008年）。

〔清〕紀昀等編：《四庫全書總目提要》（臺北：漢京出版社，1981年，據《武英殿本》影印），《集部‧別集類七》卷154，頁。

〔清〕沈祥龍:《論詞隨筆》,見唐圭璋編:《詞話叢編》(北京:中華書局,2005年),第5冊,頁4508。

〔清〕周濟:《宋四家詞選眉批》,見唐圭璋編:《詞話叢編》(北京:中華書局,2005年),第2冊,頁1652。

〔清〕陳廷焯:《白雨齋詞話》,見唐圭璋編:《詞話叢編》(北京:中華書局,2005年),第4冊,頁3785。

〔清〕蔣兆蘭:《詞說》,見唐圭璋編:《詞話叢編》(北京:中華書局,2005年),第5冊,頁4632。

二　近人著作

吳　梅:《詞學通論》(上海:上海古籍出版社,2011年),頁77。俞陛雲:《唐五代兩宋詞選釋(上)》(上海:上海古籍出版社,2011年),頁184-185。胡雪岡:《意象範疇的流變》(上海:百花洲文藝出版社,2009年),頁101-103。

柯慶明:〈從亭臺樓閣說起:論一種另類的遊觀美學與生命省察〉《臺大中文學報》第11期(1999年5月),頁127-183。

張春榮:《作文新饗宴》(臺北:萬卷樓圖書公司,2002年),頁289。

黃永武:《中國詩學‧設計篇》(臺北:巨流出版社,1999年),頁3。

蔡謀芳:《修辭二十五講 —— 表達的藝術》(臺北:三民書局,1990),頁11-14。

潘麗珠編著:《格式塔理論融入古典詩意象分析之探索》(臺北:新學林出版社,2014年)。

〔德〕庫爾特‧考夫卡(Kurt Koffka),李維譯:《格式塔心理學原理》(北京:北京大學出版社,2010年)。

「完形理論」融入辛棄疾
〈摸魚兒‧更能消幾番風雨〉
意象系統析探

謝　茵

臺灣師範大學國文學系碩士班

摘要

　　完形心理學（又稱格式塔心理學），為心理學的重要流派，於二十世紀初興起於德國，而後穩立於德美。完形學派強調經驗和行為的整體性，認為完整的現象中的各個成分特性，都與其他部分相連。整體不等於部分之合，知覺的感受大於眼睛所見。其理論滲入應用心理學、精神病學、教育學等領域，貢獻大量實驗結果。中國古典詩詞的創造與欣賞中，人們在腦中構成完整的意象，自成一世界。透過完形理論的知覺研究，融入文本的意象系統，得以分析物體結構和運動的表現，探索人們此時的美感經驗。本文以完形理論析探辛棄疾〈摸魚兒‧更能消幾番風雨〉，以其組織法則，論析詞作的意象系統之構成，有別於傳統的析論角度。

關鍵詞：辛棄疾、摸魚兒、完形理論、格式塔、意象

一 前言

　　辛棄疾（1140-1207），字幼安，號稼軒居士，山東歷城（今山東省濟南市歷城區）人。少時奉表南歸，卻未能被朝廷重用，表現在詞中多有抑鬱哀怨。主題內容舉凡豪情壯志、歷史品評、兒女抒情、閒情逸致等，皆無事不可言，別開一番天地。寫作喜好用事，更有以散文入詞的傾向。詞風慷慨縱橫、雄深雅健，也不乏穠麗綿密之處，如〈摸魚兒・更能消幾番風雨〉、〈祝英臺近・晚春〉等作。其性情所到，為後人所不能及。為兩宋現存詞作最多的詞家，有《稼軒長短句》[1]傳世。

　　〈摸魚兒・更能消幾番風雨〉，原文[2]如下：

> 淳熙己亥，自湖北漕移湖南，同官王正之置酒小山亭，為賦。
> 更能消、幾番風雨，匆匆春又歸去。惜春長怕花開早，何況
> 落紅無數。春且住。見說道、天涯芳草迷歸路。怨春不語。
> 算只有殷勤，畫簷蛛網，盡日惹飛絮。
> 長門事，準擬佳期又誤。蛾眉曾有人妒。千金縱買相如賦，
> 脈脈此情誰訴？君莫舞。君不見、玉環飛燕皆塵土。閑愁最
> 苦。休去倚危欄，斜陽正在，煙柳斷腸處。

南宋孝宗淳熙六年（1179），詞人由湖北轉運副使，轉調至湖南安

1　辛稼軒著：《稼軒長短句》（上海：上海古籍出版社，1975年）。

2　〔宋〕辛棄疾，鄧廣銘箋注：《稼軒詞編年箋注》（上海：上海古籍出版社，1978年），頁55。

撫使[3]。王正己（字伯仁，舊字正之。1118-1196[4]）於小山亭設宴送別，詞人有感而創作此詞。辛棄疾自紹興三十二年（1162）奉表南歸，其後作〈美芹十論〉、〈九議〉，及〈應問〉等獻於當朝，可惜皆未受朝廷重視，不得重用，反而面臨頻繁的調任，以及朝廷內部的衝突，不禁感慨悲戚。此闋詞不僅傷春自況，也針對時局而言：上片著寫春景，感嘆歲月匆匆、時不我與；下片使事用典，隱喻小人亂朝，君臣離心。整首作品的風格沉鬱頓挫，無盡哀怨。

二 〈摸魚兒・更能消幾番風雨〉詮賞與後人評論

（一）原典詮賞

詞作上片借景抒情，起句「更能消、幾番風雨」道破詞人情感，並由「惜春」流露對於時間流逝的不捨。再從「春且住」，將春天擬人化，表達「留春」之意。然而春天怎會回應？詞人只能「怨春不語」，看蛛網上的柳絮，彷彿留住了最後一絲的春意。

「更能消、幾番風雨」，說明詞人彼時的心境，道出許多的無

3　〔宋〕辛棄疾著，鄭騫校注；林玫儀整理：《稼軒詞校注：附詩文年譜》（臺北：國立臺灣大學出版中心，2013年），頁797。書內附有辛啟泰編《稼軒先生年譜》：「先生年四十，官湖北，有〈論盜賊劄子〉，有詔獎諭，擢知潭州，兼湖南安撫使。」〈論盜賊劄子〉曾道：「臣孤危一身久矣」、「年來不為眾人所容」，語意正同。

4　〔宋〕樓鑰《文淵閣四庫全書電子版・攻媿集》（香港：迪志文化出版公司，2007年），卷99，頁22。〈朝議大夫祕閣修撰致王公墓誌銘〉記載：「慶元二年三月二日屬疾，卻藥不進，翌日終于正寢，享年七十有八」，由此可以推算王正己的生卒年。按《稼軒詞校注：附詩文年譜》考述，其人尚氣節、工詩文，知名當世。（頁104）

奈。風雨一詞，不僅代表的是氣候變遷，也是人生世事的無常。「匆匆春又歸去[5]」，更點出這兩層的意思，感慨年年目送春去秋來，回憶過往的初衷，對應如今的現況。「惜春長怕花開早，何況落紅無數」，運用具體物象，襯托前處的「更能消、幾番風雨」。有多少期盼，此刻便飽含多少失望。人如草木零落，驀然回首，怕是也如這留不住的春意，彷彿不曾來過。

於是接下來詞人忍不住說道「春且住。見說道、天涯芳草無歸路」，將春天擬人化，試圖挽留春天，期盼她不要再繼續前進。「無歸路」與「匆匆春又歸去」形成強烈的對比，明知道事態會如何發展，卻還是嘗試留住，卻怎麼也留不住而呈現出無盡的悲哀。春天當然不會回應詞人，終究還是歸去了，詞人也明知道這點，卻說「怨春不語」。從「留春」轉變為「怨春」，前頭有多麼惜春，此時的怨春就有多深。棄我去者不可留，「算只有殷勤[6]，畫簷蛛網[7]，盡日惹飛絮」，算起來能夠體會詞人情意的，只有那屋簷下的蜘蛛

5　〔宋〕辛棄疾，鄧廣銘箋注：《稼軒詞編年箋注》，頁83。同時期作有〈祝英臺近·晚春〉：「是他春帶愁來，春歸何處，卻不解、帶將愁去」，可知詞人愁緒，呼應下闋「閒愁最苦」。

6　〔漢〕司馬遷撰：《文淵閣四庫全書電子版·史記·司馬相如列傳》（香港：迪志文化出版公司，2007年），卷117，頁3。「相如乃使人重賜文君侍者通殷勤，文君夜亡奔相如」，殷勤當衷情、心意來解。詞人化用史記典故，為下片敘述長門事埋下伏筆。此段記載與長門事的經過相仿，同樣都是重金請託他人，從而使得對方知曉情意。

7　〔唐〕劉餗：《隋唐嘉話》（上海：古典文學出版社，1957年），卷上，頁3。隋朝薛道衡（字玄卿，西元540-609年），少有盛譽。作有閨怨詩〈昔昔鹽〉一首，相傳薛道衡因為「暗牖懸蛛網，空梁落燕泥」，遭隋煬帝嫉妒殺害。雖然此事未可盡信，但可見詞句感人。蛛網，隱含寂寞孤獨的情感，也是嫉妒遭致慘禍的伏筆。

吧。天空飄揚的柳絮，沾黏蛛網，彷彿稍稍留住春天歸去的痕跡。

　　上片由「惜春」、「留春」，至「怨春」的情緒轉變，表達期望落空的心理轉折。不僅是針對春天而言，更是對於各種事物變遷的無奈。即便現實無風無雨，心中怎可能無風雨？下片用典同樣也是抒發相同的感受，詞人借用漢代孝武陳皇后（約西元前150年代-前2世紀）比擬自身，暗寓哀怨。

　　「長門事[8]，準擬佳期[9]又誤」，相傳漢孝武陳皇后當年失寵，千金重託司馬相如（本名犬子，後名相如，字長卿，約西元前179-前117年）作賦，而後得以復寵。然而此處「準擬佳期又誤」，可知孝武陳皇后想要挽回上意的心願又再次落空。下句「蛾眉[10]曾有人妒」便說明原因在於君主周遭的小人因嫉妒而阻攔此事。「千金縱買相如賦，脈脈此情誰訴」，如此縱然有〈長門賦〉，又如何能讓君王知曉。情意無處傾訴，只得默默凝視遠處。孝武陳皇后被困於長門宮的哀怨，如同上片詞人的「怨春」，都是期待的落空。

　　「君莫舞。君不見、玉環飛燕皆塵土」，言外之意警告朝中受

8　〔梁〕蕭統編，李善注：《文選》（上海：上海出版社，1996年），卷16，頁712。〈長門賦〉并序：「孝武皇帝陳皇后時得幸，頗妒。別在長門宮，愁悶悲思。聞蜀郡成都司馬相如天下工為文，奉黃金百斤為相如文君取酒，因于解悲愁之辭。而相如為文以悟主上，陳皇后復得親幸。」〈長門賦〉曾道女子自責過往錯處：「數昔日之𥋗殃」（𥋗，為「愆」異體字），同詞人淳熙元年所作〈新荷葉・春色如愁〉：「細數前愆」一語。

9　〔宋〕洪興祖：《楚辭補注》（臺北：大安出版社，2016年），頁93。佳期，指男女相約會面的日期。〈楚辭・九歌・湘夫人〉：「白蘋兮騁望，與佳期兮夕張。鳥萃兮蘋中，罾何為兮木上。沅有芷兮醴有蘭，思公子兮未敢言」，說明男女相會而不能成。

10　〔宋〕洪興祖：《楚辭補注》，頁20。〈楚辭・離騷〉：「怨靈脩之浩蕩兮，終不察夫民心。眾女嫉余之蛾眉兮，謠諑謂余以善淫」，說明佳期又誤，是因為遭到小人嫉妒。然而真正讓人受傷的，是君臣間的不信任。

寵的小人，不要太得意。詞人用趙飛燕和楊玉環來比擬小人能歌善舞、逢迎上意的行徑，更是隱喻小人今後的下場。對於詞人和孝武陳皇后來說，也是「君莫舞」。既然身不由己，又何須動作，重金請託司馬相如作賦，不過都是同歸末塗罷了，因此「閑愁最苦」。有所為而不能，苦於半生的心血與期許，便如落紅無數，皆作塵土。賦閒對於滿懷壯志的詞人，果真是至苦者。

　　若說上片「算只有殷勤，畫簷蛛網，盡日惹飛絮」，將視角停留蕩於蛛網之上，尚有一份留住春意的期待，那麼下片「休去倚危欄[11]，斜陽正在，煙柳斷腸處」，則把視野拓寬，已無半分希冀。黃永武（1936-）《中國詩學》曾道：「日暮天晚，象徵著歲月時日的匆迫；路遠天闊，象徵著理想的難以達成。」[12]詞人登高望遠，卻發覺無處歸返，無從實現平生所願，只得斷腸天涯。自身的痛苦，旁人既不知道，更不能體會，便如淳熙八年所作的〈滿庭芳·和洪丞相景伯韻呈景盧舍人〉所云：「夢裡尋春不見，空腸斷、怎得春知。」只能念君空斷腸，思緒神歸故鄉。

（二）後人評論析辨

　　1.〔宋〕羅大經（字景綸，號儒林、鶴林，1196-1252前後）《鶴林玉露》[13]

---

11 俞平伯編著：《唐宋詞選釋·下冊》（北京：人民出版社，1999年），頁203。注十三引李商隱〈北樓〉：「此樓堪北望，輕命倚危欄」，認為表達強烈的思歸之情，以此明言自身情志。
12 黃永武：《中國詩學·思想篇》（臺北：巨流圖書，1979年），頁82。
13 〔宋〕羅大經撰，王瑞來點校：《鶴林玉露·甲編》（北京：中華書局，1983年），卷1，頁12。

詞意殊怨。「斜陽」、「煙柳」之句，其與「未須愁日暮，天
際乍輕陰」者異矣。使在漢唐時，寧不貫種豆[14]種桃[15]之禍
哉！愚聞壽皇見此詞，頗不悅。然終不加罪，可謂盛德也已。

《鶴林玉露》為南宋著名筆記，記載內容廣泛，羅大經的批評開啟
「寄託說」[16]的先河，後來的詞評幾乎無不從此延伸，並認為「斜
陽正在，煙柳斷腸處」隱喻國家興亡。羅大經舉出程灝（字伯淳，
號明道，1032-1085）「未須愁日暮，天際乍輕陰」的詩句對比「斜
陽正在，煙柳斷腸處」，更以漢代楊惲（字子幼，西元前？-前54
年）和中唐劉禹錫（字夢得，772-842）遭致文禍的例子，來襯托
宋孝宗不加罪的「盛德」。然而從「愚聞」二字，說明只是聽聞，
宋孝宗不悅其實是毫無根據的，史書並無相關記載，可以說是道聽
塗說。何況一首詩詞的好壞，並不在是否迎合上意。

袁行霈（字春澍，1936-）《中國詩歌藝術研究》曾道：「物象

---

14 〔漢〕班固：《文淵閣四庫全書電子版‧漢書》（香港：迪志文化出版公司，
  2007年），卷66，頁18。〔漢〕楊惲〈報孫會宗書〉：「種一頃豆，落而為萁」，被
  認為是慘遭漢宣帝腰斬的原因，為種豆之禍。

15 〔唐〕劉禹錫：《文淵閣四庫全書電子版‧舊唐書》（香港：迪志文化出版公
  司，2007年），卷160，頁21。《舊唐書》記載：「時禹錫作〈遊玄都觀詠看花君
  子詩〉，語涉譏刺，執政不悅，復出為播州刺史」，為種桃之禍。

16 潘靜如：〈文本的遞衍、闡釋與經典化——以辛棄疾〈摸魚兒‧更能消〉為例，
  《詞學》第2期（2020年12月），頁64。期刊內文道：「……寄託說在某種意義上
  其實是羅大經的『發明』。比他早的張侃、沈義父從沒提到這首詞有什麼寄
  託……這個源頭被預設為是認識〈摸魚兒‧更能消〉的開端，可見此作原本並
  無寄託的說法，而張侃、沈義父的評語的確也是針對聲律、惜春之意而言。可
  知針對國家的憂患擔憂，並非此作的主軸。然而自羅大經此說一出，後人評語
  至今，幾乎都認為此作有寄託。

一旦進入詩人的構思，就帶上了詩人的主觀色彩」[17]，「斜陽」的意象，歷來被視為是君王的代稱，登臨懷古常用以成興亡之感。[18]然而綜觀整闋的詞意，筆者認為比起對於國家未來走向的深切憂慮，詞作要表達的是對於人生風雨的無能為力。首先，詞序已經說明此次調任，是有感而發的主因。再者，上片的傷春之情，下片的使事用典，都呈現出期待落空的抑鬱。由此，無論由詞序來看，還是從遣詞用字而言，都是詞人抒發「士不遇」的抑鬱哀怨。「斜陽」二字，更如同《楚辭・離騷》：「曰黃昏以為期兮，羌中道而改路」[19]一般，詞人真正斷腸、愁苦的，是宋孝宗曾一度想要重用他，卻因意志飄搖不定，因而「傷靈脩之數化」[20]，感慨於何時得以一展抱負？更何況朝中又有小人阻擋。望盡天涯，終是斷腸！

　　直言之，羅大經的評語開出一條新詮釋的路徑：認為此作寄託國家興亡，從此後人多以飽含國家憂患意識來詮釋此作。然而，詩詞能夠為後人所關注，不僅是思想高度的提升，更是能否「情動而言形，理發而文見」[21]，使得人們能夠有所感、有所悟。審美過程的美感經驗中，無論是創作或欣賞，更是與直覺的心理活動有關，形成純粹的意象，不作任何道德的判斷，便覺得入情入理。[22]稼軒

---

17 袁行霈：《中國詩歌藝術研究・上編》（北京：北京大學出版社，1996年），頁52。

18 王靖懿、張仲謀：〈論唐宋詞三大意象及其文化意蘊〉，《中國韻文學刊》第2期（2021年4月），頁69-70。

19 〔宋〕洪興祖：《楚辭補注》，頁13。黃昏之「期」，對應「準擬『佳期』又誤」。

20 〔宋〕洪興祖：《楚辭補注》，頁13。

21 〔梁〕劉勰著，王更生注譯：《文心雕龍讀本・下冊》（臺北：文史哲出版社，1999年），頁21。

22 朱光潛：《文藝心理學》（臺北：頂淵文化，2003年），頁152。

在豐富的意象中，傾注多年未能受重用的哀怨，寄寓的是世事不能
盡如人願的哀愁。

　　2.〔清〕陳廷焯（字亦峰，又字伯與，1853-1892）《白雨齋詞
話》

> 稼軒「更能消幾番風雨」一章，詞意殊怨，然姿態飛動，極
> 沉鬱頓挫之致。起句「更能消」三字，是從千迴萬轉後倒折
> 出來，真是有力如虎。[23]

陳廷焯《白雨齋詞話》為清代重要詞話，主張作詞應以「溫厚和平
為本」[24]，措語以「沉鬱頓挫為正」[25]，並極為讚賞此作[26]。「詞意
殊怨」，與前述評語相同，是針對詞作的思想情感而言；姿態飛
動，則指遣詞用字的活潑生動，如「春且住」至「怨春不語」、「君
莫舞。君不見、玉環飛燕皆塵土」，皆能召喚讀者跟隨詞人的主觀
情緒起伏。陳廷焯較羅大經的評語，更點出詞人創作手法的妙處。
「沉鬱」在寫作上，是情感壓抑，噴發後形成跌宕，且「反覆纏

23　〔清〕王國維、況周頤、陳廷焯：《人間詞話‧蕙風詞話‧白雨齋詞話》（臺
　　北：商周出版，2018年），卷1，頁285。

24　〔清〕王國維、況周頤、陳廷焯：《人間詞話‧蕙風詞話‧白雨齋詞話》，卷
　　10，頁480。陳廷焯認為「溫厚和平」是詩詞的根本，為詩教之正。作詞則需
　　「必須沉鬱頓挫出之，方為佳境。否則不失之淺露，即難免平庸」（頁452），除
　　了點出作詞的根源，也需注意創作的遣詞用字。

25　〔清〕王國維、況周頤、陳廷焯《人間詞話‧蕙風詞話‧白雨齋詞話》，卷1，
　　頁268、269。陳廷焯認為「沉鬱」的情感基調應是哀而不傷、怨而不怒。

26　〔清〕王國維、況周頤、陳廷焯：《人間詞話‧蕙風詞話‧白雨齋詞話》，卷3，
　　頁314。「其中惟稼軒摸魚子一篇，為古今傑作」，詞牌〈摸魚兒〉，又稱〈摸魚
　　子〉。

綿，終不許一語道破」[27]，如「算只有殷勤，畫簷蛛網，盡日惹飛絮」、「休去倚危欄，斜陽正在，煙柳斷腸處」，皆是如此。詞句富含哀怨、深沉的情感，同時瀰漫成對於人生與歷史的滄桑悲涼。[28]「從千回萬轉後倒折出來，真是有力如虎」，陳廷焯認為這些情感曲折的詞句，反覆迴旋之下，最後折回「更能消、幾番風雨」，氣勢更盛。

> 稼軒詞，於雄莽中別饒雋味。如「馬上離愁三萬里，望昭陽宮殿孤鴻沒」，又「休去倚危欄，斜陽正在，煙柳斷腸處」多少曲折！驚雷怒濤中，時見和風暖日。所以獨絕古今，不容人學步。[29]

陳廷焯認為辛棄疾的詞風特色，在於豪放雄莽處別有深意更富雋永。〈摸魚兒・更能消幾番風雨〉與〈賀新郎・賦琵琶〉的結語，不僅富有畫面感，且情意曲折婉約，頗能勾起主體千迴百轉的情緒：〈摸魚兒・更能消幾番風雨〉由「脈脈此情誰訴」、「君不見、玉環飛燕皆塵土」，至登高望遠，開展視野，連疊的視覺中創造無窮的想像；〈賀新郎・賦琵琶〉從「馬上離愁三萬里，望昭陽宮殿孤鴻沒」，到「弦解語，恨難說」，情感收束於琴弦，聽覺上塑造綿

---

27 〔清〕王國維、況周頤、陳廷焯《人間詞話・蕙風詞話・白雨齋詞話》，卷1，頁269。

28 葉朗：《美在意象》（北京：北京大學出版社，2010年），頁420。作者認為《白雨齋詞話》所舉「沉鬱頓挫」的作品，內涵出於「忠愛之忱」，因此「儘管哀怨鬱憤，而都能出之以溫厚和平」（頁409），合於詩教之正。

29 〔清〕王國維、況周頤、陳廷焯《人間詞話・蕙風詞話・白雨齋詞話》，卷8，頁427。

延不絕的餘韻。兩者皆是先懷古，後傷今，由怨轉哀。〈滿江紅・送李正之提刑入蜀〉[30]：「東北看驚諸葛表，西南更草相如檄。把功名、收拾付君侯，如椽筆」、「赤壁磯頭千古恨，銅鞮陌上三更月。正梅花、萬里雪深時，須相憶。」上、下片結語同是如此，因此陳廷焯才說驚雷怒濤中，得見和風暖日。主體的情感隨著想起舊日時光、歷朝盛衰，興起激昂的意志，轉眼看著如今情狀，不禁流露細密纏綿的情意，在人們逐漸品味的知覺中締造無盡的情思。不過，「和風暖日」的評語卻可進一步思量：詞意和緩，固然得以意味深長，可是起句已言：「更能消、幾番風雨」，接下來字字句句，都是風雨相關，何況下片又言「煙柳斷腸」，如此，何能感覺天氣晴好，暖風和和？

　　　陳廷焯《雲韶集》：「怨而怒矣，然沈鬱頓盪，筆態飛舞，千古所無。『春且住』三字，一喝怒甚，胸中抑鬱，不禁全露。其免於禍也，幸矣。」[31]

陳廷焯《雲韶集》選詞三千多首，並有評點。[32]「沈鬱頓盪」、「筆態飛舞」的評語，正如前述「沉鬱頓挫」、「姿態飛動」。此評另有「怨而怒矣」一語，形容詞意由怨，轉為氣勢猛烈的「怒」，如

---

30 〔清〕王國維、況周頤、陳廷焯：《人間詞話・蕙風詞話・白雨齋詞話》，卷8，頁422。後云：「龍吟虎嘯之中，卻有多少和緩」，語意同此。

31 〔清〕陳廷焯，屈興國校注：《明清文學理論叢書・白雨齋詞話足本校注・上》（濟南：齊魯書社，1983年），卷1，頁103。

32 林楓竹：《陳廷焯《雲韶集》研究》（江蘇：南京大學，中國古代文學碩士論文，2013年），頁4。

「春且住」被陳廷焯認為是「怒甚」。王國維《人間詞話》曾道：
「詩人必有輕視外物之意，故能以奴僕命風月」[33]，詞人面對無可
改變的時局，將抑鬱灌注於此，將春天擺在可以任由自己命令的位
置。表面上是針對春天而說，實則隱含對君王而言，可知陳廷焯的
評語饒富生動，頗有見地。

此外，細究此評，或尚可斟酌：「斜陽正在、煙柳斷腸處」，折
回起句「更能消、幾番風雨」，詞人既已腸斷，若能還有著「有力
如虎」、「怨而怒矣」的氣勢，豈不顯示餘韻猶盛嗎？再者，「春且
住」若為「怒甚」，則之後的「怨春不語」，是「怒而（然後）
怨」，與「怨而怒矣」的順序不同，但「而」若是理解為「且」，則
此詞是既怨且怒。仔細推敲，筆者認為不論從整首詞作的情緒轉
折，或是語意邏輯來看，「怨而怒矣」是滿溢委屈的怨兼之耿耿忠
心的怒，所以陳廷焯提及免於文禍，明顯是從羅大經的評語而來，
用於說明「怨而怒矣」，以及「春且住」為「怒甚」的觀點。但最
終宋孝宗不悅一事，實則是道聽塗說，不得作為佐證。

3.〔清〕譚獻（初名廷獻，字仲修，號復堂，1832-1901）《復
堂詞話》[34]

> 權奇倜儻，純用太白樂府詩法。（批注：「春且住」為
> 「開」，「君不見」為「闔」）[35]

---

33 〔清〕王國維、況周頤、陳廷焯：《人間詞話‧蕙風詞話‧白雨齋詞話》，頁
   38。

34 〔清〕譚獻：《復堂詞話》（北京：人民文學出版社，1984年），頁26。

35 〔清〕黃蘇、周濟、譚獻選評，尹志騰校點：《清人選評詞集三種》（濟南：齊
   魯書社，1988年），頁181。

權奇、倜儻，皆為卓異非常的意思。案：「權奇倜儻」引自顏延之
（字延年，384-456）的〈赭白馬賦〉：「雄志倜儻，精權奇兮」[36]，
以赭白馬來隱喻詞人。〈赭白馬賦〉是顏延之與群臣應帝王聖旨而
作，赭白馬有特稟逸異之姿，懷有遠大的志向，最終卻只能受到君
王的惠養而卒。表面上是在說千里馬的遭遇，其實是指有雄心壯
志、想要建功立業的文人不得重用，只能服養終老。赭白馬「婉柔
心而待御」、「望朔雲而蹀足」的情狀，恰如詞人恢復故土的心志，
近二十年的等待卻未能如願。

「純用太白樂府詩法」，最顯而易見的例子，便是「君不見、
玉環飛燕皆塵土」的寫作技巧。李白（字太白，號青蓮居士。西元
701-762年）〈將進酒〉曾道：「君不見黃河之水天上來，奔流到海
不復回。君不見高堂明鏡悲白髮，朝如青絲暮成雪。」[37]由「君不
見」為首的句子，泰半以十字句灌之。此處說是「純用」太白樂府
詩法，從「權奇倜儻」四字思之，應是稱許有如李白樂府詩作的天
馬行空。

然而，早在〔南朝宋〕鮑照（字明遠。約414-466）〈擬行路
難·其五〉便有：「君不見河邊草，冬時枯死春滿道……今我何時
當得然，一去永滅入黃泉」[38]，若是細究詞意，上闋的「匆匆春又
歸去」、「見說道、天涯芳草無歸路」，豈不與「冬時枯死春滿道」

36　〔梁〕蕭統編，李善注：《文選》，卷14，頁626-629。

37　〔唐〕李白撰，〔清〕王琦註：《文淵閣四庫全書電子版·李太白集注》（香港：
　　迪志文化出版公司，2007年），卷3，頁20。〈將進酒〉：「君不見黃河之水天上
　　來，奔流到海不復回。君不見高堂明鏡悲白髮，朝如青絲暮成雪」，指時光流
　　逝。此句意即佳人再難得，他日不過化作塵泥。

38　〔宋〕鮑照著，錢振倫注：《鮑參軍集注》（上海：古典文學出版社，1958年），
　　頁106。

相應？下闋「君不見、玉環飛燕皆塵土」，豈不是「一去永滅入黃泉」，皆歸於塵土？何況〈行路難〉本來就是「備言世路艱難及離別悲傷之意，多以君不見為首」[39]，更為貼合稼軒詞意。近人王偉勇、趙福勇先生〈詞體領字「義界」與應用〉一文，認為「君不見」或可視為領字先聲之一，並以鮑照〈行路難〉為首例。[40]可知「君不見」並非至李白〈將進酒〉才開創此類樂府詩創作之法。若是單純以字數而言，的確兩者皆將十字組成一句。於此，筆者並不認為詞人〈摸魚兒〉「君不見、玉環飛燕皆塵土」一句，純粹是受到李白〈將進酒〉影響加以模仿的結果，事實上仍有其他樂府詩句，能與此作法相應和。

話說回來，自稼軒〈摸魚兒〉出之以「君不見、玉環飛燕皆塵土」[41]一句，後人或有仿效，如明代瞿佑（一作瞿祐，字宗吉，號存齋，1347-1433）寄調〈摸魚兒〉十闋，以及王夫之（字而農，號薑齋、又號夕堂，或署一瓢道人，1619-1692）的〈瀟湘小八景〉[42]。上述作品皆以「君不見」作為領句，同樣在〈摸魚兒〉下

---

39 引自「中國哲學書電子計劃」《樂府古題要解》127。網址：
https://reurl.cc/1Zb9nD（瀏覽日期：2022年6月28日）

40 王偉勇、趙福勇：〈詞體領字「義界」與應用〉，《成大中文學報》第14期（2006年6月），頁115-117。

41 〔宋〕沈義父著，蔡嵩雲箋釋：《中國古典文學理論批評專著選輯‧樂府指迷箋釋》（北京：人民文學出版社，1981年），頁65。引〔清〕焦循：《雕菰樓詞話》：「詞不難于長調，而難于長句……長至九字、十字，長須不可界斷」，可見長句創作不易。

42 〔明〕王夫之著，彭靖編：《王船山詞編年箋注》（長沙：嶽麓書社，2004年），頁325。〈瀟湘小八景〉詞組有序：「國初瞿宗吉詠西湖景，效辛稼軒『君莫舞，君不見、玉環飛燕皆塵土』體，詞意淒絕。……聊取其體，仍寄調〈摸魚兒〉，詠瀟湘小八景」，王夫之還將此種句式作為一體。

片的第七句使用此句。即如宋代張侃（字直夫。生卒年不詳）《拙軒集・揀詞》所言：「作文須是有綱目，如『君不見』三字，蘇文忠公〈滿江紅〉，辛待制〈摸魚兒〉用之。臧辛伯〈賀吳荊南啟〉亦用之。」[43]由此可見，辛棄疾〈摸魚兒〉一調使用「君不見」三字領句，為後人效仿以引領下文。其創作妙處，並非「純用」他人詩法使然。

4.〔清〕沈祥龍（1835-卒年不詳，字約齋）《論詞隨筆》[44]

感時之作，必借景以形之。如稼軒云：「算只有殷勤，畫簷蛛網，盡日惹飛絮」，同甫云：「恨芳菲世界，遊人未賞，都付與鶯和燕。」不言正意，而言外有無窮感慨。

沈祥龍認為感慨時序變遷或時勢變化的作品，必從景物寫起，並舉出辛棄疾與陳亮（原名汝能，字同甫，號龍川。1143-1194）的詞作為例。兩人都是南宋文人，彼此為好友，不僅為主戰一派，詞風也較接近。此評引入注目的兩段結語，引發讀者對於物象的想像與詮釋，如夏承燾（字瞿禪，號瞿髯，別號夢栩生，1900-1986）認為〈摸魚兒〉此段，是在說：看起來最殷勤的，只有畫簷下的蜘蛛，為了留春結網，網住飛揚的柳絮。[45]又如唐圭璋（1901-1990，字季特）的看法，則是：奸臣向皇帝獻殷勤，蠱惑皇帝投降求和[46]。可

---

43 〔宋〕張侃：《文淵閣四庫全書電子版・張氏拙軒集》（香港：迪志文化出版公司，2007年），卷5，頁21。

44 引自「中國哲學書電子化計劃」《論詞隨筆》168-170。網址：https://ctext.org/wiki.pl?if=gb&chapter=991626（瀏覽日期：2022年6月28日）

45 夏承燾：《唐宋詞欣賞》（北京：北京出版社，2002年），頁103。

46 唐圭璋：《辛棄疾》（上海：上海人民出版社，1957年），頁62。

見後人解讀雖各有不同，然而相同的是在景物背後寄託、延伸、創造無盡情意。陳亮（原名陳汝能，字同甫，號龍川，1143-1194）〈水龍吟・春恨〉有云：「恨芳菲世界，遊人未賞，都付與鶯和燕。」也是如此，同樣藉由著敘寫春景，抒發感受。《唐宋詞選注》認為詞人將「芳菲世界」比擬為中原，「鶯和燕」則暗指苟安求和的奸邪，並道：「本詞和辛棄疾的名篇〈摸魚兒〉是同一風格，若論婉麗含蓄，意境深遠，二詞也可說是相映生輝。」[47]可知此書採取和沈祥龍同樣的觀點，認為兩首詞作都是託物比興，別有寄託，物象分別指涉不同的對象來隱喻時局。沈義父（字伯時，生卒年不詳）《樂府指迷》道：「結句須要放開，含有餘不盡之意，以景結尾最好。」[48]景語作結的妙處，在於人人對景的體會不同，於是有了說不盡的意義可能，從而揮灑無窮感慨。正如沈祥龍以辛棄疾和陳亮的這兩首詞作，來說明感時之作，必借景形之，更能引發讀者的共鳴。

三　「完形理論」融入辛棄疾〈摸魚兒・更能消幾番風雨〉之意象系統析探

「完形」（Gestalt），又稱為「格式塔」，在德語意指形狀（form）或構圖（configuration）。完形理論認為知覺經驗，來自於刺激的形態、經驗的構造，而整體並非部分的總和，而是包括各個部分間的

---

47 唐圭璋、曹濟平、潘君昭：《唐宋詞選注》（北京：北京出版社，1982年），頁421、473。

48 〔宋〕沈義父著，蔡嵩雲箋釋：《樂府指迷箋釋》，頁56。

關係。[49]透過理論法則能夠剖析形體的結構與運動，與人類情感結構的對應。前述已論析詞作與前人評論，此處將以完形理論的「四個基礎」與「七個法則」（請參考本書第一章潘麗珠教授文章），融入詞作的意象系統。為論述方便，再次徵引〈摸魚兒・更能消幾番風雨〉原文：

> 更能消、幾番風雨，匆匆春又歸去。惜春長怕花開早，何況落紅無數。春且住。見說道、天涯芳草迷歸路。怨春不語。算只有殷勤，畫簷蛛網，盡日惹飛絮。
> 長門事，準擬佳期又誤。蛾眉曾有人妒。千金縱買相如賦，脈脈此情誰訴？君莫舞。君不見、玉環飛燕皆塵土。閑愁最苦。休去倚危欄，斜陽正在，煙柳斷腸處。

（一）完形理論運用──四大基礎

1 整體性

人們分辨事物，並非從個體的總合來理解，而是對比記憶的輪廓以得知。上片「惜春長怕花開早，何況落紅無數」、以及下片「休去倚危欄，斜陽正在，煙柳斷腸處」，皆能喚起人們曾經賞花、惜春、傷春的經驗，由此了解詞人抒發的感慨。

2 具體化

人們對於空缺的訊息，會自動填補完整來掌握全貌。「何況落

---

49 Susan Nolen-Hoeksema, Barbara L. Fredrickson, Geoffrey R. Loftus, Christel Lutz 著，危芷芬編譯：《心理學導論》（臺北：雙葉書廊，2015年），頁9。

紅無數」、「算只有殷勤，畫簷蛛網，盡日惹飛絮」，都能與「更能消、幾番風雨」聯繫，藉由景物消（落紅無數）長（殷勤、惹飛絮）的變化，觀察詞人內心的無奈感受；「匆匆春又歸去」、「脈脈此情誰訴」同樣表達面對人事的無力，於是扣緊了「閑愁最苦」。

3　組織性

當事物包含多種解釋的可能，便具有多義性。然而大腦在同一時間，只會擇一進行呈現。「春且住」的「春」，不僅指春天，也指人的青春歲月，更是代指君王；「蛾眉曾有人妒」的蛾眉，不只指面容姣好的女子，更是詞人自身。但是讀者理解作品時，不會同時產生兩種以上的解讀，而是經由讀後再思、細思，將多種可能的意義組織一起，因而捕捉到了深層的言外之意。

4　恆常性

無論事物如何變形，人們能夠將其認出，是取決於引起刺激的特徵之間彼此的關係。「君莫舞」、「君不見、玉環飛燕皆塵土」，都是形塑女子能歌善舞的畫面，而能歌善舞的女子，總歸區於覆滅；「閑愁最苦」、「煙柳斷腸處」，皆為抒發詞人彼時當下的愁苦與悲痛，最苦、斷腸恆是讓人感慨再三。

（二）完形理論運用 —— 七大法則

1　圖形／背景法則

人的知覺得以直覺分辨較為清楚明確的個體，是因為形狀、顏色、頻率等因素的凸顯，從而注意到「圖形」，其餘較不重要的事

物作為「背景」。以視網膜中央與邊緣的功能性來說,前者在形體與色彩具有較高的清晰度,為圖形感覺;邊緣則否,為背景感覺。

「蛛網——算只有殷勤,畫簷蛛網,盡日惹飛絮」,上片結語以「蛛網」為圖形,漫天的飛絮為背景。前者較後者為清晰和明確,作為已經閉合的區域為穩定,處於視覺的中心位置。空中的柳絮,則是正在閉合的區域,成為背景,襯托「蛛網」。

「斜陽——休去倚危欄,斜陽正在,煙柳斷腸處」,下片結語以「斜陽」為圖形,天地為背景。弧線與直線相比,更強烈要求連續,因此「斜陽」在視覺上更容易被看見。從顏色上,「斜陽」的紅、黃色,屬於暖色,不同於「煙柳」的藍、綠偏寒色,給人的印象會較為深刻。又,「倚危欄」者(「斷腸處」的人)若為圖形,則「斜陽」便成了背景。

「春」一字,在上闋共出現四次,是極為重要的字眼,也是詞人欲傾訴的對象。表面上是與春天對話,甚至將其擬人化,實質或指君王,埋怨天意莫測,只得「怨春」哀嘆。由此可知,「春」字其實是作為上闋的圖形、文本的中心,而芳草萋萋、草木零落,皆是作為背景來襯托「春」。

2　臨近法則

在時間、空間距離較為接近的個體,因為某方面的特性相似,形成穩定的整體;事物的距離越近,彼此的吸引力也越大,例如:「畫簷、蛛網、飛絮」,三者在空間上的臨近,從而構成一幅完整的畫面。「畫簷」與「蛛網」的搭配,前人便有「畫簷蛛結網」[50]、

---

50 〔宋〕蘇軾:《文淵閣四庫全書電子版‧東坡全集》(香港:迪志文化出版公司,2007年),卷30,頁25。

「雨來蛛入畫簷隅」[51]的詞句;「蛛網」和柳絮,也有如「蛛網留晴絮」[52]、「蛛網黏飛絮」[53]的句子。至於「長門、玉環、飛燕」,同屬臨近的與歷史有關的語詞。詞人接連引用孝武陳皇后、楊玉環,以及趙飛燕三位人物,其實同樣呈現女子的身不由己,便如詞人自身的境遇。

3 簡潔法則

人們的知覺總傾向抓住最為核心、簡單、清晰的整體。比如一張由複雜的線條組成的人臉圖片,吾人將之視為完整的圖形,而非各種形狀不一的線條。這種法則提供最大程度的簡化,而有極高的清晰度與能量,使得我們得以抓取物事的核心。

起句「更能消、幾番風雨」,即是〈摸魚兒〉的重點,簡潔有力的表達詞人的內心哀怨。讀者可由下述得知箇中原因,除了富含詞人對於時光難倒回的感觸,更是壯志難酬的抑鬱。

4 相似法則

個體之間由於彼此共同屬性,譬如形狀、顏色的因素,容易視為一體。或許質地相異,卻能共構成引人注意的突出。例如一個由四點組成的正方形,其中的兩個點為紅色、兩個點為藍色,因為點的大小並未改變,同樣也能夠被視為一個整體。

---

51 〔宋〕楊萬里:《文淵閣四庫全書電子版・誠齋集》(香港:迪志文化出版公司,2007年),卷33,頁9。

52 〔宋〕秦觀:《文淵閣四庫全書電子版・淮海集》(香港:迪志文化出版公司,2007年),卷7,頁2。

53 〔宋〕周邦彥:《文淵閣四庫全書電子版・片玉詞》(香港:迪志文化出版公司,2007年),卷下,頁17。

「畫簷、蛛網」，皆屬於異質同構，由不同性質的個體形成相同的結構。兩者都會經過風雨而逐漸被破壞，呈現時間流逝的無奈；「佳期、蛾眉」，皆與美好的人事相關，隱含著女子的期待。「玉環、飛燕」，則屬同質同構，漢時的趙飛燕與唐朝的楊玉環，兩者都曾受到帝王榮寵，並且能歌善舞，都是相似法則的意象系統。

5　閉合法則

假如用點圍繞出一個空間，由於閉合區域較為穩定的關係，即使其中有所缺漏，仍將被視作一個整體。閉合法則不考量接近性因素，例如四個U形的圖案，兩兩相對不貼合，並排作一行。人類知覺將其認作整體，在於兩個U形之間形成的閉合，而非因為圖案彼此的接近或相似。

「君莫舞。君不見、玉環飛燕皆塵土」，除了是詞人借楊玉環、趙飛燕的下場，諷諭朝中小人作為，也是告誡自己，不用再多做行動，百年後不過同歸於覆滅。這兩句夾在「千金縱買相如賦，脈脈此情誰訴」和「閑愁最苦」中間，透過閉合法則，將前面的長門事，與後者的情意抒發結合起來，形成女子發愁的苦悶圖像，進而聯想到詞人的處境。

6　連續法則

個體間即使有看似不相干的部分，然而可依良好連續性，形成穩定的結構，成為一個整體。就像兩條由點組成的線，雖然彎曲而不閉合，卻因為點和點之間的關係形成連續的畫面，而形成為整體。

「何況落紅無數」、「見說道、天涯芳草無歸路」、「脈脈此情誰訴」、「君不見、玉環飛燕皆塵土」，看似彼此並無太多關聯性，卻

都與「煙柳斷腸處」相關，是詞人抒發對於天時與人事的無力，表現出極度的悲痛與相思，襯出起句的「更能消、幾番風雨」。

「閑愁最苦」雖然與前句「君不見、玉環飛燕皆塵土」，以及後句「休去倚危欄」，並無連續關係，然而組合在一起來看，便可視為同個整體，即詞人懷古傷今，聯想到自身境遇，便有「休去倚危欄」之語。

7　對稱法則

彼此對稱的個體，構成明顯的對比，容易為人們分辨兩者的相互映襯，彼此被視為一個整體。比如一個由K和鏡像的K相對組成的圖形，知覺上並非視為兩個K，而是一個圖形。

上闋「惜春、怨春」用字的對比，便是詞人強烈的情緒轉折，如此轉入下闋女子的宮怨情感，進而比擬自身境遇。以修辭來說，「花開、落紅」；「且住、不語」；「歸去、無歸路」，等互相對稱的詞語，形成強烈的對比，深化了意義，給予讀者強烈的印象。

四　結語

辛稼軒〈摸魚兒·更能消幾番風雨〉富含多重意象，透過物事的鋪敘，抒發個人的際遇，以及表達對於時局的不滿。此闋為傷春之作，詞人憑藉細膩的觀察，清晰的描繪物象的形體與運動，對應人們的心理活動，在多重意象系統中，形成意義疊加的境界，流露人生的莫可奈何。

稼軒向來被視為豪放詞人代表，與蘇軾並稱「蘇、辛」。然而通過這首作品，可以見其兼備陰柔與陽剛的風格，便如王易（字曉

湘，號簡庵，1889-1956）所言：「集中勝作甚多，格調約分四派：豪壯、綿麗、儁逸、沉鬱，皆各造其極。」[54]本文探析的這首作品，不僅歷來評論者眾，南宋重要詞選諸如《花庵詞選》、《絕妙好辭》、《草堂詩餘》等也收錄此作。劉熙載（字伯簡，號融齋，晚號寤崖子，1813-1881）《藝概》就說：「蘇、辛皆至情至性人。」[55]詞人以真性情投入創作，表達對於天時與人事的無能為力，鋪陳古代讀書人都可能遭遇的無奈，倍能引起共鳴。

　　本文先論及詞作的賞析，再列舉歷來重要詞評，並加以評述，最後以完形理論的基礎與法則，剖析其中的創作手法，使吾人益加了解這首詞作流傳千古的原因。王國維《人間詞話》說：「幼安之佳處，在有性情，有境界」[56]，準確道出稼軒詞的創作高度。〈摸魚兒‧更能消幾番風雨〉從惜春、留春，到怨春的情緒轉折，蘊含詞人近二十年來的真實體悟。「算只有殷勤，畫簷蛛網，盡日惹飛絮」、「休去倚危欄，斜陽正在，煙柳斷腸處」，既是景語，也是情語，締造無窮的言外之意，足供吾人不斷咀嚼品味。

---

54 王易：《中國詞曲史‧析派第五》（北京：團結出版社，2006年），頁162。

55 〔清〕劉熙載撰：《藝概‧詞曲概》（上海：上海古籍出版社，1978年），卷4，頁110。

56 〔清〕王國維、況周頤、陳廷焯著：《人間詞話‧蕙風詞話‧白雨齋詞話》，卷1，頁31。

參考文獻

一　古籍

（以著者或注家時代先後為次）

〔漢〕司馬遷撰：《文淵閣四庫全書電子版・史記・司馬相如列傳》
　　　（香港：迪志文化出版公司，2007年）。

〔漢〕班固：《文淵閣四庫全書電子版・漢書》（香港：迪志文化出
　　　版公司，2007年）。

〔宋〕鮑照著，錢振倫注：《鮑參軍集注》（上海：古典文學出版
　　　社，1958年）。

〔梁〕劉勰著，王更生注譯：《文心雕龍讀本・下冊》（臺北：文史
　　　哲出版社，1999年）。

〔梁〕蕭統編，李善注：《文選》（上海：上海出版社，1996年）。

〔唐〕李白撰，〔清〕王琦註：《文淵閣四庫全書電子版・李太白集
　　　注》（香港：迪志文化出版公司，2007年），卷3，頁20。

〔唐〕劉餗：《隋唐嘉話》（上海：古典文學出版社，1957年），卷
　　　上，頁3。

〔唐〕劉禹錫：《文淵閣四庫全書電子版・舊唐書》（香港：迪志文
　　　化出版公司，2007年）。

〔宋〕蘇軾：《文淵閣四庫全書電子版・東坡全集》（香港：迪志文
　　　化出版公司，2007年）。

〔宋〕辛稼軒：《稼軒長短句》（上海：上海古籍出版社，1975年）。

〔宋〕辛棄疾著，鄧廣銘箋注：《稼軒詞編年箋注》（上海：上海古
　　　籍出版社，1978年）。

〔宋〕辛棄疾著，鄭騫校注，林玫儀整理：《稼軒詞校注：附詩文年譜》（臺北：國立臺灣大學出版中心，2013年）。

〔宋〕秦觀：《文淵閣四庫全書電子版‧淮海集》（香港：迪志文化出版公司，2007年）。

〔宋〕周邦彥：《文淵閣四庫全書電子版‧片玉詞》（香港：迪志文化出版公司，2007年）。

〔宋〕洪興祖：《楚辭補注》（臺北：大安出版社，2016年）。

〔宋〕楊萬里：《文淵閣四庫全書電子版‧誠齋集》（香港：迪志文化出版公司，2007年）。

〔宋〕樓鑰：《文淵閣四庫全書電子版‧攻媿集》（香港：迪志文化出版公司，2007年）。

〔宋〕張侃：《文淵閣四庫全書電子版‧張氏拙軒集》（香港：迪志文化出版公司，2007年）。

〔宋〕沈義父著，蔡嵩雲箋釋：《中國古典文學理論批評專著選輯‧樂府指迷箋釋》（北京：人民文學出版社，1981年）。

〔宋〕羅大經撰，王瑞來點校：《鶴林玉露‧甲編》（北京：中華書局，1983年）。

〔明〕王夫之著，彭靖編：《王船山詞編年箋注》（長沙：嶽麓書社，2004年）。

〔清〕黃蘇、周濟、譚獻選評，尹志騰校點：《清人選評詞集三種》（濟南：齊魯書社，1988年）。

〔清〕劉熙載撰：《藝概‧詞曲概》（上海：上海古籍出版社，1978年）。

〔清〕譚獻：《復堂詞話》（北京：人民文學出版社，1984年）。

〔清〕陳廷焯，屈興國校注：《明清文學理論叢書・白雨齋詞話足本校注・上》（濟南：齊魯書社，1983年）。

〔清〕王國維、況周頤、陳廷焯：《人間詞話・蕙風詞話・白雨齋詞話》（臺北：商周出版，2018年）。

二　近人著作

（以姓氏筆劃為次）

王　易：《中國詞曲史・析派第五》（北京：團結出版社，2006年）。

王偉勇、趙福勇：〈詞體領字「義界」與應用〉，《成大中文學報》第14期（2006年6月）

王靖懿、張仲謀：〈論唐宋詞三大意象及其文化意蘊〉，《中國韻文學刊》第2期（2021年4月）

朱光潛：《文藝心理學》（臺北：頂淵文化，2003年）。

林楓竹：《陳廷焯《雲韶集》研究》（江蘇：南京大學，中國古代文學碩士論文，2013年）。

俞平伯編著：《唐宋詞選釋・下冊》（北京：人民出版社，1999年）。

袁行霈：《中國詩歌藝術研究・上編》（北京：北京大學出版社，1996年）。

唐圭璋：《辛棄疾》（上海：上海人民出版社，1957年）。

唐圭璋、曹濟平、潘君昭：《唐宋詞選注》（北京：北京出版社，1982年）。

夏承燾：《唐宋詞欣賞》（北京：北京出版社，2002年）。

〔美〕庫爾特・考夫卡（Kurt Koffka）著，李維譯：《格式塔心理學原理》（北京：北京大學出版社，2010年）。

黃永武：《中國詩學・思想篇》（臺北：巨流圖書，1979年）。

葉　朗：《美在意象》（北京：北京大學出版社，2010年）。

潘靜如：〈文本的遞衍、闡釋與經典化──以辛棄疾〈摸魚兒〉為
　　　　例〉，《詞學》第2期（2020年12月）

Susan Nolen-Hoeksema, Barbara L. Fredrickson, Geoffrey R. Loftus,
　　　　Christel Lutz 著，危芷芬編譯：《心理學導論》（臺北：雙
　　　　葉書廊，2015年）。

三　電子資源
（以引用先後為次）

「中國哲學書電子計劃」《樂府古題要解》。網址：https://reurl.cc/
　　　　1Zb9nD

「中國哲學書電子化計劃」《論詞隨筆》。網址：https://ctext.org/wi
　　　　ki.pl?if=gb&chapter=991626

完形理論視角下
〈鶯啼序‧殘寒正欺病酒〉
的意象系統論

陳鼎崴

臺灣師範大學國文學系碩士班

摘要

吳夢窗在〈鶯啼序‧殘寒正欺病酒〉中的場景建構與意象經營允為其諸作之冠，也因詞牌篇幅寬闊的緣故，使得此闋所勾連的意象較為繁複，難就單一視角明晰藝術內理。於此，藉由格式塔理論中的不同解釋角度，俾有助後代學人克服千年時光的阻隔，進入詞作世界，趨近夢窗的創作本心，並呈現〈鶯啼序‧殘寒正欺病酒〉內外可舉之所在。

本文以此闋作為論述核心，說明詞作中各種意象使用的巧藝，再梳理現有文獻的討論以彰顯夢窗此作的獨特風格。因此，利用格氏塔理論的觀照，不僅有助於我們對此闋佳詞藝術創作的理解，在意象使用與深情書寫的闡釋上能夠更有理據地進一步體會。

關鍵詞：吳文英、夢窗、鶯啼序、完形理論、格式塔理論

一　前言

　　吳文英（字君特，號夢窗，約1212-1272）為宋季文人，著有《夢窗甲乙丙丁四稿》，所存詞作逾三百闋，屬多產作家。然，現存夢窗第一手資料包含生平事蹟均相當貧乏，就相關紀錄推測，夢窗一生未授仕宦，布衣終老，儘管無緣仕途但仍活躍於文人交際圈，結識不少作詞友朋，其中不乏顯要達官，而最為後人所提及的軼事為糾葛於吳潛（字毅夫，號履齋，1196-1262）[1]與賈似道[2]（字師憲，號秋壑，生卒年不詳）二人的爭鬥，因夢窗作了幾首詞作贈予賈似道，招致部分衛道人士抨擊，認為夢窗諂媚奸臣，後人在評論夢窗詞時，多少受此影響。[3]就學者考究，刺激夢窗最深之所為蘇

1　吳潛，嘉定十年榜首，其品格為時人稱頌。據《宋史》所錄，吳潛因議論國家安危治亂的源頭時，觸怒了章鑑、高鑄嘗、丁大全與沈炎，認為這些與賈似道為伍之人「傾心附麗，躐躋要途」，更直言「姦黨盤據，血脈貫穿，以欺陛下。致危亂者，皆此等小人為之。」抨擊力道相當猛烈；此外，當理宗欲立度宗為太子時，吳潛在密奏上的一段話「臣無彌遠之材，忠王無陛下之福。」觸怒君上，沈炎於此，趁機彈劾吳潛，左遷不久逝。見〔元〕脫脫等撰：《宋史・第三六冊》（北京：中華書局，1977年），頁12515-12520。

2　賈似道的人格最受人質疑，個人生平收錄在《宋史・姦臣》。開篇「少落魄，為游博，不事操行」數句，說明其知識水平不高，且無心向學，就史書所載「日縱游諸妓家，至夜即燕游湖上不反。」可見遊手好閒，不知進取，仗勢其姐為貴妃，權傾一時，驕橫日益；其後，賈似道專權，權位力壓宰相之職。見〔元〕脫脫等撰：《宋史・第三九冊》（北京：中華書局，1977年），頁13779-13787。

3　針對此事，夏承燾與葉嘉瑩二位先生曾替夢窗說明。見夏承燾：《夏承燾集》第1冊〈吳夢窗繫年〉（杭州：浙江古籍出版社、浙江教育出版社，1997年），頁481-484；葉嘉瑩：《南宋名家詞講錄》（天津：天津古籍出版社，2005年），頁167-168。

杭兩地，[4]因為長年居住，也是生命中許多故事的發生地，作品多
圍繞此地開展，〈鶯啼序‧殘寒正欺病酒〉亦如是，尤其在夢窗諸
作中，無論在意象使用、篇幅設計方面，此作都可說具有相當程度
的代表性。茲錄原文[5]如下：

> 殘寒正欺病酒，掩沉香繡戶。燕來晚、飛入西城，似說春事
> 遲暮。畫船載、清明過卻，晴煙冉冉吳宮樹。念羈情、遊蕩
> 隨風，化為輕絮。
>
> 十載西湖，傍柳繫馬，趁嬌塵輭霧。溯紅漸、招入仙谿，錦
> 兒偷寄幽素。倚銀屏、春寬夢窄，斷紅溼、歌紈金縷。暝隄
> 空，輕把斜陽，總還鷗鷺。
>
> 幽蘭漸老，杜若還生，水鄉尚寄旅。別後訪、六橋無信，事
> 往花委，瘞玉埋香，幾番風雨。長波妒盼，遙山羞黛，漁燈
> 分影春江宿。記當時、短檝桃根渡，青樓彷彿，臨分敗壁題
> 詩，淚墨慘澹塵土。
>
> 危亭望極，草色天涯，歎鬢侵半苧。暗點檢、離痕歡唾，尚
> 染鮫綃，蠻鳳迷歸，破鸞慵舞。殷勤待寫，書中長恨，藍霞
> 遼海沉過雁。漫相思、彈入哀箏柱。傷心千里江南，怨曲重
> 招，斷魂在否？

4　夏承燾先生曾言「其平生游處，不出今日江浙兩省。北以淮安為最遠，南行僅
　　及會稽。蘇、杭兩州，題詠最多；杭州多在都城內，蘇州則虎丘、靈巖、姑蘇
　　臺外，又有澱山湖、吉江村、瓜涇、石湖、鶴江，吳江之長橋、常熟之琴川福
　　山，以及常州、無錫一帶。」見《夏承燾集》第1冊〈吳夢窗繫年〉，頁478。
5　楊鐵夫箋釋：《夢窗詞全集箋釋》（臺北：學海出版社，1974年），頁199-201。

〈鶯啼序・殘寒正欺病酒〉是當時長調之最，可謂前無古人，在當時亦無人能出其右，此凸顯夢窗之縱橫才氣；內容上，情感轉折變幻，先訴及與美姬同遊的歡快情事，[6]對比當下孤伶衰老的現狀，顯出極端的兩種情感層次，一面建構情感，另一面同時在解構消解之。

本文即以此詞作為論述核心，呈現夢窗的各種創作特色，明析形式上的設計與情感上的深情，說明此闋何以於內於外都屬佳作。不過，夢窗詞的書寫偏向凝鍊，透過不同意象經營來連屬成篇，但此種書寫風格卻不見容於南宋詞壇的語境，導致南宋詞評家對夢窗的相關評價，多出之以「凝澀、難解」等語。因此筆者先透過現有的文獻梳理夢窗詞作的獨特風格為何，再就「格氏塔理論」的視角解釋此作在藝術創作的相關內涵，期望可以揭開歷史一貫以為夢窗詞之「晦澀」標籤。如此，或可更有系統地討論夢窗詞，觀照亦可更加完整。

二　不合時宜的現代性

揆諸後代學人對吳文英的眾多評價可發現一特殊現象，即夢窗詞的接受並非一開始就獲得評者青眼。在南宋末期以降的數個世紀中，評價有沉潛，亦有高翔，而此種跌宕的詞作接受脈絡，不僅描繪了夢窗詞的書寫特性，更提供讀者一個理解詞作的切入視角。就現存夢窗詞的評論資料而言，宋代有七家，數量上看似單薄，但按周密、黃昇所言，在南宋詞壇作為「質實派」作家的夢窗已小有名

6　愛情之作是夢窗的經典主題，相關敘述可參《南宋名家詞講錄》，頁161。

氣[7]，只是這種討論的風氣如閃現的火花未能在元、明兩代延續。

　　整體而言，單就大清一朝對於夢窗的相關評析，力壓宋、元、明三朝，若將三代加總後亦無法與之頡頏，可見夢窗詞之消沉頗有些時日，[8]而造成如此懸殊比數的原因有二：一是文獻保存難度高所致，加上討論者與作者的年代相隔已遠，詞作本事多不易考究；此外，也正是夢窗的刻意隱瞞，抹盡詞作中各種指涉性的線索，徒留心象，因此閃爍辭采，晦澀言辭的使用而受到讀者不能理解的冷落。沈義父[9]（字伯時，約1208-1286）「夢窗深得清真之妙，其失在用事下語太晦處，人不可曉」[10]，早已明言夢窗詞的難解，不易親近。無獨有偶，力主「清空」的詞評家張炎（字叔夏，124-1320）亦以為「詞要清空，不要質實；清空則古雅峭拔，質實則凝澀晦昧」[11]，不僅點明了「質實」會對於理解造成限制，更進一步說夢窗詞「如七寶樓臺，眩人眼目，碎拆下來，不成片段」[12]。

7　案周密：《浩然齋雅談》「翁元龍、字時可、號處靜。與吳君特為親伯仲。作詞各有所長，世多知君特，而知時可者甚少，與嘗得一編，類多佳語，已刊於集矣。」與黃昇《中興以來絕妙詞選・卷十》「吳君特，名文英，自號夢窗，四明人，從吳履齋諸公遊。山陰尹煥敘其詞畧曰：『求詞於吾宋者，前有清真，後有夢窗，此非煥之言，四海之公言也。』」所錄相參，或可窺知一二。見馬志嘉、章心綽編：《吳文英資料彙編》（北京：中華書局，2006年），頁2-4。

8　若以宋、元、明三朝先作比較，就《吳文英資料彙編》所蒐羅資料來看，宋代較多，包括吳潛、周密、沈義父、張炎在內共七家；元代僅陸輔之、顧瑛兩家；明代有楊慎、毛晉、沈際飛、徐士俊四家。然而，單就清代就已超過一百四十家，是宋元明三代的總和數倍。

9　沈義父著有《樂府指迷》，此是劃時代之作，為宋詞史上首部專論填詞創作之專著。沈氏同夢窗是熟識，也常與翁處靜（夢窗之弟）論填詞相關議題。

10　《吳文英資料彙編》，頁5。

11　同前註，頁6。

12　同前註。儘管張炎以「七寶樓臺」等看法來評論夢窗，然張炎仍有肯定夢窗的

　　原先曾一度於詞壇隱身的夢窗在清代颳起旋風，大放異彩，詞作的討論熱度躍升，奇蹟似地以鮮明的形象再現讀者眼前，得以於此時明朗。此外，清代詞人頻頻關注夢窗也連帶影響到評述的數量，不止大大超越前代，析論的品質更為細緻，所談更加全面，而這些變化在在顯示清代多位詞學大家對夢窗的喜愛，甚至願意為他叫屈以駁前人之定見，呈現了詞壇上特殊的現象。此外，《四庫全書總目提要》中「詞家之有文英，亦如詩家之有李商隱也。」[13]的看法十分巧妙，點出了夢窗最重人事，詞作多圍繞在「懷人」的主題上。細究夢窗之作，確實常聚焦在蘇杭兩地。紀昀（字曉嵐，別字春帆，號石雲，道號觀弈道人、孤石老人，1724-1805）所言除了綰合南宋夢窗與晚唐義山的風格，或許正暗示著元好問（字裕之，號遺山，世稱遺山先生，1190-1257）「詩家總愛西崑好，獨恨無人作鄭箋」的批評，再次點明了夢窗詞「人不可曉」之特點。夢窗詞作多由鮮明意象堆疊，被歷來學者公認最難參透，對此，王國維（字靜安、伯隅，初號禮堂，晚號觀堂，1877-1927）不免批評道：

　　　　詞忌用代替字。美成〈解語花〉之「桂華流瓦」，境界極
　　　　妙，惜以「桂華」二字代「月」耳。夢窗以下，則用代字更
　　　　多。其所以然者，非意不足，則語不妙也。蓋意足則不暇

評論，如「句法中有字面，蓋詞中一個生硬字用不得，須是深加煅煉，字字敲打得響，歌誦妥溜，方為本色語。始賀方回、吳夢窗皆善於鍊字面，多於溫庭筠、李長吉詩中來。字面亦詞中之起眼處，不可不留意也。」等。

13　〔清〕永瑢撰、王雲五主編：《四庫全書總目提要・四十冊》（長沙：商務印書館，1939年），頁70。

代，語妙則不必代。此少游之「小樓連苑」、「繡轂雕鞍」所
以為東坡所譏也。[14]

白石寫景之作，如「二十四橋仍在，波心蕩，冷月無聲」、
「數峰清苦，商略黃昏雨」、「高樹晚蟬，說西風消息」，所
以格韻高絕，然如霧裡看花，終隔一層。梅溪、夢窗諸家寫
景之病，皆在一「隔」字。北宋風流，渡江遂絕，抑真有運
會存乎其間耶？[15]

後代人對於夢窗的批評主要是夢窗會以「詩法」作詞，然詞本身的
起源於宴樂，它有「通俗」的基因，不宜寫得太凝澀，此是上承南
宋諸家的看法，王氏才以為「詞忌用代替字」（用代替字，意義便繞
了彎，相對不通俗）。此外，宋詞是音樂與文字的綜合呈現，「詞」
音樂性極強，然文學保存在文明發展上本身就是十分困難的事，要
將作品百分百保留本身就難度很高，尤其音樂文學更為脆弱，保存
更加不易。夢窗長期受到忽略，正因他的詞作具有某種「不合時宜
的現代性」，葉嘉瑩先生（號迦陵，1924-）便曾言：

> 我認為吳文英的開創不但表現在時空的錯綜和感性的修辭這
> 兩方面，而且，在遙遠的南宋時代，他的詞就能表現出非常
> 現代化的趨勢。我們所說的現代化，比如現代詩和朦朧詩，
> 都是說它有一種超越現實的感受和寫作的方式。如果把吳文
> 英和姜白石做一個比較……你看他寫感情的那首《鶯啼

---

14 謝維揚、房鑫亮主編：《王國維全集第一卷‧人間詞話》（杭州：浙江教育出版
  社，2009年），頁470。
15 同前註，頁472。

序》，真是繁複綿麗、真切細緻！[16]

這是將夢窗詞與「現代詩」相比，這也凸顯了〈鶯啼序〉的詮賞的現代性。現存的多數詞作只留有詞牌，至於音樂旋律已湮沒於歷史汪洋中，難以復見，這種變化自然影響著後代對於作品的接受，因為音樂的部分已然消失，讀者自然會關注在文字上，而且會特別放大作者的用字遣詞，因此夢窗詞的朦朧感反而成了它經得起時代淘洗的保護衫，讓它可以一再地受到後代不同的讀者關注。

三　詞作詮解

（一）原典詮賞

　　〈鶯啼序·殘寒正欺病酒〉為南宋以前長調之最，不僅是第一，更是唯一。歷來談者，一般以為懷姬之作。整闋詞共分四段，總計二百四十字。此作是夢窗最具特色之作，彰顯了以賦法填詞的書寫特色[17]，此外也以詩法造詞，呈現了難以清楚名狀的心理狀態。隻字片語在在顯示他才氣萬殊，不易受限。於此，況周頤曾言：

　　重者，沉著之謂。在氣格，不在字句。於空窗詞庶幾見之。
　　即其芬菲鏗麗之作。中間雋句艷字，莫不有沉摯之思，灝瀚

---

16 《南宋名家詞講錄》，頁206-207。

17 「（夢窗）用賦筆來寫詞，也一樣有他的安排有他的結構，可是他在安排、鋪陳之中，既穠麗又沉摯，用周濟的話來說，就是『返南宋之清泚為北宋之穠摯』。」同前註，頁184。

之氣，挾之以流轉。令人玩索而不能盡，則其中之所存者厚。沉著者，厚之發見乎外者也。欲學夢窗之致密，先學夢窗之沉著。即致密、即沉著。非出乎致密之外，超乎致密之上，別有沉著之一境也。夢窗與蘇、辛二公，實殊流而同源。[18]

夢窗在「灝瀚之氣，挾之以流轉」之餘，一樣保有沉著的風格，這是在緻密的基礎上，造了另一境界「沉摯」。綜以上，即為清代詞評家所謂的「大開大闔」與「綿密醇厚」，又將夢窗詞的寫作譜系追溯至蘇辛兩位大家，顯見況周頤對於夢窗的讚賞。

　　首段以「殘」開篇[19]，別出新裁，帶領讀者進入作者內心，表明追懷之事的不完整、零落，而且是有遺憾的，加以定調「羈情」的性質。「春」通常是生機盎然的意象，但言談「春事遲暮」自然將意思扭轉成了反面。既然百無聊賴，自然「掩沉香繡戶」，斷絕外在的人事交流。細究，「殘」一字是吳文英詞作中的常見用法，可以作為他的代表字，此外這種「殘念」又生發在「春暮」中，藉由「春燕」的飛越，畫出了一片寂寞，傷感更甚。整體而言，第一片都是靜景鋪陳，而「春燕」卻是靜中有動的突出物。首段，作者心生「羈情」，為後面幾段領銜開展。

　　次段將時間倒回十年前的西湖，追述當年情事：心情舒坦，所見之物都是迷幻、快樂，正因如此，眼前才盡是「嬌塵」、「頓

18 況周頤著，孫克強導讀：《蕙風詞話》（上海：上海古籍出版社，2009年），頁52。

19 夢窗亦有「殘夢」〈瑞鶴仙〉；「殘淚」〈齊天樂〉；「殘莎」〈齊天樂‧毗陵陪兩別駕宴丁園〉；「殘鴉」、「殘碑」〈齊天樂‧與馮深居登禹陵〉等用法。

霧」，質地多麼嬌柔。然而，此片為情感最盛之時，也是轉捩點，自「春寬夢窄」的反差，點出了「離情」，美夢不再，暗示將回復「現實」。日暮河堤人散，「輕把斜陽，總還鷗鷺」一句，最為輕盈，將眼前美景留給鷗鷺，自己則俀然離開。夢窗善於活化凝滯的詞彙，例如利用鷗鷺翔飛的輕盈感，消除「暝堤空」的沈重離情。此法同於第一段，利用風的靈動感消散「羈情」之愁，並且「化為輕絮」，隨風飄動。既是建構哀傷，也在消解哀傷。

　　第三段談物是人非的落寞，不過歷來對「瘞玉埋香，幾番風雨」的解釋，有許多推測，葉嘉瑩先生認為「『玉』和『香』都代表了那個美麗的女子，經過了幾番風雨，她已被埋葬在泥土之中」[20]，將「玉」、「香」比作美人，筆法是歷來文學的傳統，這種理解更加深化夢窗心中的苦楚。當年湖中瀲瀲「長波」、蒼蒼「遙山」都不為男子眼前所關注，因美景終究不及美人容貌，眼中只容存美人一人，於此，「長波妒盼」的表現十足巧妙，清波顯得十足吃味。這是提及美人容顏的極致。但，再怎麼美豔都已是飄忽往事，無法復見。「記當時」一句，俀回現在，談情事的美好與難忘，劃分了今昔的差異，以往與美人相處，自在快樂，如今「臨分敗壁題詩，淚墨慘澹塵土」，哀情盈溢。

　　末段描繪一晃眼，十年光陰已逝，當時離情愈發作祟，剪不斷理還亂，使人速老，因此「嘆鬢侵半苧」，傷春、嘆老的主題一向是古典詩歌的典型，尤其在春日美景依舊的衝擊下，變者恆變，僅剩殘軀。此外，羈情再次呼應「離痕歡唾」。此刻心中滿腹幽恨，

---

20 《南宋名家詞講錄》，頁197。另楊鐵夫亦以「李賀詩『柏陵飛燕骨埋香』」，《晉書》庾亮將葬何充會之歎曰『埋玉樹於土中，使人情何能已』。今人謂美人之死為埋玉即瘞玉也。」佐證，參《夢窗詞全集箋釋》，頁200。

同樣寄託在不受天地束縛的「飛雁」，但此處之用途並非消解，而是藉牠擴散到世界的各個角落，方使「傷心千里江南」。

作者以二百四十字篇幅作為敘事抒情的展現，主要呈現出幾個重點：甲、此事無法三言兩語交代，表明當年之情潛伏心中，夢窗與美人同樂的情事或許不少，但單特舉此事，除了說明是精挑細選之外，也是因為意義非凡，具十足代表性；乙、經營此作，有才力仍無法促成，更重要的是欲將此事完整呈現的「決心」，唯有決心，筆尖所貫注的情志才得純粹。

此作中，每個意象都具有特定的感情，就算是同個場景夢窗亦力求顯出層次。此外，更以近乎無聲的方式演繹，透過意象群的連繫，將歡快之景與哀嘆之情兼糅其中，使讀者觀賞如影格般的故事時，可以品味情感的變化，因此筆者以為這是一場默劇，情感充塞心中，無法宣之言語，只好訴諸筆墨，怎知一發不可收拾，化為此闋鴻篇。此作對夢窗而言有其深邃的生命意義，後人可從藝術審美的角度體會這場相隔十年的情感，在花開花落中領略夢窗的生命形跡。

（二）後人相關評析

根據清代的詞評家對於〈殘寒正欺病酒〉的眾多說法，可從「巨製」與「醇情」著重理解：

1　鴻篇巨製──大開大闔

清代詞評家的相關評論具有強烈的共通性，這現象一方面呈現了清代詞人多來自相同社群，另一方面也說明了夢窗詞的「接受」

已進入了某種超穩定的階段。[21]儘管評論人不同，鑑賞評析亦深淺有別，卻是使用了類似甚至是相同語彙來評析此作。每當論及〈殘寒正欺病酒〉時，總可見以「大開大闔」說之。陳匪石在《聲執》中有對於夢窗評述「有曲直，有虛實，有疏密，在篇段之結構，皆為至要之事。……兩宋名家，隨在可見，而神妙莫如清真、夢窗。一段之中，四句五句六句一氣趕下，稱為大開大闔者，此類體格，夢窗最擅勝場，亦妙於直也。」於此，「曲直」、「虛實」、「疏密」、「開闔」均由相對概念組成，富有變化，不拘於特定寫作技法，其中「開闔」主要就詞作「鴻篇創作」上的轉折來談，說明詞作之磅礡氣勢上的變幻，收放自如，情思跌宕。

1.〔清〕陳廷焯（字伯與，1853-1892）《白雨齋詞話》卷二：

> 夢窗精於造句，超逸處，則仙骨珊珊，洗脫凡豔；幽索處，別締古歡。如……《鶯啼序》云：「暝堤空，輕把斜陽，總還鷗鷺。」[22]

《別調集》卷二：

> 此調頗不易合拍，《詞律》詳言之矣。茲篇操縱自如，全體精粹，空絕古今。追敘舊歡。「輕把斜陽」二句，束上起

---

21 關於夢窗詞於清季的接受情況，可參孫克強教授〈以夢窗詞轉移一代風會——晚清四大家推尊吳文英的詞學主張及意義〉，《河南大學學報（社會科學版）》47卷4期（2007年7月）。

22 《吳文英資料彙編》，頁79。

下，琢句精煉。此特序別離事，極淋漓慘淡之致。末段撫今追昔，悼歎無窮。[23]

陳廷焯對於歷代詞人「品」級的說明頗為巧妙，「白石，仙品也；東坡，神品也，亦仙品也；夢窗，逸品也；玉田，雋品也；稼軒，豪品也。」由此觀之，夢窗接在東坡之後，呈現了夢窗詞的接受在清代陡升的事實，此是以往之未見。「仙骨珊珊」主要是言及此闋「高雅飄逸」的意境，將離情所帶來的凝滯，以輕巧的「鷗鷺」來代為消解；其中「洗脫凡豔」一句，力讚夢窗既困於人事，又在人事纏綿中超越；尤其，在詞體要求中駕馭二百四十字是何等難事，卻能夠「操縱自如」凸顯夢窗才氣縱橫，此正是〈殘寒正欺病酒〉勾勒夢窗的書寫特點。

　　2.〔清〕陳銳（字伯弢，1861-1922）《袠碧齋詞話》：

> 柳詞〈夜半樂〉云：「怒濤漸息，樵風乍起，更聞商旅相呼，片帆高舉。汎畫鷁、翩翩過南浦。」此種長調，不能不有此大開大闔之筆。後吳夢窗〈鶯啼序〉云：「長波妒盼，遙山羞黛，漁鐙分影春江宿，記當時短楫桃根渡。」三四段均用此法。[24]

陳銳從「大開大闔」的書寫筆法上，目見了夢窗受屯田的影響。只是，長調書寫雖可稍解篇幅窄仄的緊張，但書寫過程中更不能流於呆板。於此，「變化」遂成長調書寫的重要呈現，夢窗的詞作書寫

23　同前註，頁86。
24　同前註，頁114。

收放自如，〈殘寒正欺病酒〉是在屯田之作後，最具代表性的作品。此外，因為夢窗詞記述人事頗多，因此陳銳曾以「白石擬稼軒之豪快，而結體於虛；夢窗變美成之面貌，而鍊響於實；南渡以來，雙峰並峙，如盛唐之有李、杜矣，顧詞人領袖必不相輕。」言之，凸顯陳銳將白石、夢窗兩種詞風典型，拿與唐代李杜並論，除了是風格上的對應，亦可見陳銳對於夢窗之稱讚。

　　3.〔清〕陳洵（字匯之，西元1445-？）《海綃說詞》：

> 通體離合變幻，一片淒迷，細繹之，正字字有脈絡，然得其門者寡矣。[25]

「離合變幻」正與「大開大闔」相關，說明此作既描繪當年出遊情事，又填補十年後追憶的落寞，是人事交往上的「離合」，更是情感上的「變幻」；再者，陳洵一反前人之論調而認為此作「字字有脈絡」，楊鐵夫也附和此說[26]，二人說明了夢窗文字下的情感是須以長時間的閱讀，方得深埋在字句下的種種心思。這也是與前人所見最為不同之處。

　　4.〔清〕蔡嵩雲（名楨，號柯亭，1883-？）《柯亭詞論》：

---

25 同前註，頁135-136。
26 楊氏以為「讀之（夢窗詞），如入迷樓，如航斷港，忙無所得。質諸師，師曰：『再讀之。』；又一年，似稍有悟矣，又質諸師，師曰：『似矣，猶未是也。』；再讀之，如是者又一年，似所悟又有進矣，師於是微指其中順逆、提頓、轉折之所在並示以步趨之所宜從；又一年，加以得海綃翁所評『清真』。夢窗詞諸稿讀之愈覺有得。於是所謂順逆、提頓、轉折諸法觸處逢源，知夢窗諸詞無不脈絡貫通，前後照應，法密而意串，語卓而律精，而玉田七寶樓之說，真矮人觀劇矣。」批張炎此見。參《夢窗詞全集箋釋・選本第一版原序》，頁5。

〈鶯啼序〉為序子之一體，全章二百四十字，乃詞調中最長者。填此詞，意須層出不窮，否則滿紙敷詞，細按終鮮是處。又全章多至四遍，若不講脈絡貫串，必病散漫，則結構尚矣。此外更須致力於用筆行氣，非然者，不失之拖沓，即失之板重。此調自夢窗後，佳構絕鮮。夢窗作三首，以「殘寒正欺病酒」一首尤佳。……竟體固章法井然，而三四兩遍用大開大闔之筆，純自屯田、清真二家脫化而出。大力包舉，一氣舒卷，尤為僅見。[27]

對於經營二百四十字的長調，蔡嵩雲所言較為公允，先揭示作者創意必須源源不絕地從內心注入文字，才有寫出佳作的前提，若作者才力困乏，可能導致「滿紙敷詞、散漫、拖沓、板重」等缺失，蔡氏深知創作鴻篇的難度，以「此調自夢窗後，佳構絕鮮」盛讚夢窗，一方面論及創作〈鶯啼序〉之高難度，另一方面是從「創作端」來欣賞夢窗詞，此與其他學者以內容評之的閱讀端不同。蔡氏以為「大開大闔」的變幻手法，可以凸顯作品的層次，使之「一氣舒卷」，這是夢窗沒有淪落到先前所述之缺失中的要因。

2 離情難捨──綿密醇厚

夢窗之所以如此為人所愛，除了是文字變幻富有特色外，更是「情」的刻畫足夠深刻。因此「綿密醇厚」一句主要立足於「情」的評論，也因深厚情感，刻骨離情，才得以使詞作故事有了深邃。「綿密醇厚」與「大開大闔」所關注的面向不同，「綿密醇厚」所指

---

27 《吳文英資料彙編》，頁174。

陳的是：此作四段落彼此勾連，相互聯繫，前後一氣呵成，並透過意象不斷地交織純化，營造出濃烈情感，情意纏綿悱惻，遂顯得柔和周密，而至濃厚精粹，因此是就詞作「情感面」而言。夢窗透過「煉意琢句」（匪石言）之法，將文字凝縮成「綿密醇厚」的特色。

　　1.〔清〕陳匪石（名世宜，號小樹，1884-1959）《宋詞舉》卷上：

> 愚觀全篇之脈絡，……而二段以後，融情入景，「遊蕩隨風化為輕絮」之意致發揮靡遺，則由展開局面，以大開大闔之筆，淋漓盡致以寫之，意無餘剩，詞無不達，在此種最長之詞，為唯一法門。句多韻少如三、四兩段，尤非如此不可，柳屯田長調用筆運氣，首創此法。南宋善學柳者，惟夢窗一人。特意須極多，否則非竭即復；氣須極盛，否則非斷即率耳。至此詞綿密之情、醇厚之味，煉意琢句之新奇，空際轉身之靈活，則由愚前四首所論，可隅反而得之。[28]

「融情入景」的創作技巧實為夢窗所擅，他長於透過景致的描摹，諸如靜物的大樹、崇山，動物如春燕、鷗鷺等，構畫一片實景，使讀者身歷其境，此外，各種物件有其擔負之所指，共同營造出富有層次變化的情感，陳氏所言「綿密之情，醇厚之味」正是奠基於此，而點出了情感穠麗的特色。因此不僅具有形式上相當細緻的雕琢，其內在情感的設計也是。雖描繪沉重哀情，字裡行間仍保有「靈活」之氣。這是以靈活筆法構築「綿密之情，醇厚之味」，

---

28 同前註，頁178。

因此整作不會從頭到尾烏雲罩頂，他的情感是經過設計與提煉。

2.唐圭璋（字季特，1901-1990）《唐宋詞簡釋》：

> 此首春晚感懷，字字凝鍊，句句有脈絡，綿密醇厚，兼而有
> 之。而轉身運氣之處，尤能使全篇生動飛舞，信乎陳亦峯
> 云：「全章精粹，空絕千古」矣。……末片，層層深入，收
> 盡前事，精力彌滿。[29]

唐氏之言是接續陳洵說的，同樣認為夢窗此闋「句句有脈絡」，這
是讚賞夢窗一貫的說法，然而究竟夢窗筆下所書何事、所憶何人，
都無法明確指陳。唐氏對夢窗的評論主要以「凝鍊、細微、曲折、
深刻」理解，因此「綿密醇厚」一樣是關注在夢窗詞之「深刻」，
說明夢窗因景而傷情，而且情感在人身上掀起巨浪，儘管內容相
近，但終究呈現了不同的詞作理解視角。

四　「完形理論」融入〈鶯啼序·殘寒正欺病酒〉意象系統析探

（一）完形理論運用——七大法則

1　圖形／背景法則

格式塔原理提點我們：「在具有一定配置的場內，有些對象突
現出來成為圖形，有些對象退居到襯托地位而成為背景。一般來

---

29 同前註，頁217-218。

說,圖形與背景的區分越大,圖形就越可突出而成為我們的知覺對象。」[30]。因此,「西城」在此作中屬大景,卻並非讀者所聚焦之處,因為讀者目光全被「春燕」所吸引,也就是說,「燕來晚,飛入西城」的焦點是「春燕」。「春燕」與「西城」體積差異懸殊,甚至不及城苑的一磚一瓦,但之所以能夠脫穎而出,正因生命的「靈動感」,而此處的「小」,不但不會被埋沒於背景中,還可從一片靜景裡,跳脫而出,背景與聚焦物相互烘托;同理,「吳宮樹」的體積一定大過「輕絮」,但按顯眼或欣賞者的關注程度,卻是後者勝過前者,因為「輕絮」的特質是「游盪隨風」,同樣具有動感。因此「西城、吳宮樹」會被眼睛自動歸類成背景,而這些「輕盈小物」卻力以萬鈞,具有足以篡奪大背景的力量,將讀者的關注,從西城、吳宮樹上吸引過來。

2 臨近法則

十年前與佳人同遊如夢似幻,十年後故地重遊卻「掩沉香繡戶」,此是生命的變化所致。當年的人不再,因此在「危亭望極,草色天涯」之後,只能「嘆鬢侵半苧」,傷春之後嘆老恆是典型。於此,作者更利用了兩組西湖景物,呈現今昔情緒差異。第一組由「西湖、柳、嬌塵、輭霧」等共同交織出的立體空間,作為夢幻十年前的場景;然後,再由同為西湖之景的「暝堤空、斜陽、鷗鷺」承載了「離別」後的哀情。因此這兩組西湖景色,成為了容納今昔情感衝突的核心地點。

---

30 〔德〕庫爾特・考夫卡(Kurt Koffka)著;黎煒譯:《格式塔心理學原理(上、下)・中文版譯序》(杭州:浙江教育出版社,1999年1月第3次印刷),頁14。

3　簡潔法則

　　相對於散文而言，詩詞創作更受篇幅上的限制，儘管在詞創作中兩百四十字的篇幅實屬龐大，但仍須顧及「簡潔」，因此夢窗於此闋詞中，也依不同詞句進行展現，在限制的篇幅內承載最大意涵。呈現紛亂龐雜的思緒，他以「殘寒正欺病酒，掩沉香繡戶」精簡道盡，「殘」為回憶之事標定了其不完滿性，「掩」則用以表達作者心中不願與外界之物有所互動；此外，「春寬夢窄」雖言及春景與好夢，但也觸及了「好夢不復」的哀傷。以上寥寥數語，卻盡含紛繁萬端的情絲。

4　相似法則

　　相似法則的使用最主要是透過相似概念的不同意象來做展現，因此藉由討論相似法則，可以清楚見到夢窗內心波瀾的翻騰。此作中，「春」不僅作為季節的標定，更多是夢窗內心的呈現，多指不復存在的美好過往，「春事遲暮」與「春寬夢窄」各自開展了時間、空間的不同呈現，尤其「事往花委」直言困心之事，因此不僅「遲暮、窄、往、委」共同指向都有一種美好「不再、短促、凋零」的憂傷，就連「漸老、無信、埋香、風雨」等詞句，均共同凝鑄銘刻哀情。

5　閉合法則

　　在欣賞數個不同外物時，因為距離與性質的接近，而促使觀賞者將它們拼成一個組合。讀者具有某種「完整性」的追求，因此「這種完整傾向說明知覺者心理的一種推論傾向，即把一種不連貫

的有缺口的圖形盡可能在心理上使之趨合」[31]，儘管彼此之間或有鴻溝阻隔，然而此處的缺口不會使外物變成難以組織的碎片，更不是張炎所言的「七寶樓臺，眩人眼目，碎拆下來，不成片段」，反而是作為不同外物間的一股聯繫力量，進而使之變成一個更為圓滿的整體。此詞作中，不乏時空的「閃移」，例如在「化為輕絮」後，就以「十載西湖」作為時間與地點的轉換，置換讀者的閱讀體驗。此外，在「總還鷗鷺」之下，陡接「幽蘭漸老」也是不同情境的銜接，儘管兩者在情緒與場景上難以承續，卻是夢窗創作特色之所在，也是前人所謂「大開大闔」的呈現。

6　連續法則

連續法則是藉由聯繫不同的畫面、動作來達到整體性的觀照，因為作者在創作時本身即以連續事件展現故事，因此讀者不得忽略此關鍵，唯有聯繫相近的動作，理解方能更加全面。「傍柳繫馬，趁嬌塵頓霧／遡紅漸，招入仙溪，錦兒偷寄幽素」都是一連串的動作，不同畫面的閃現，讓讀者能夠將他們聯繫起來，共構成一個完整的男女互動。楊鐵夫亦言「此之傍柳繫馬，即彼之桂棹寶勒，仍在末入仙谿前步驟」[32]，透過連續法則達到了「縮時」的效果，將男女歡樂幽會的夢幻情狀濃縮在字裡行間，在在凸顯雙方情深意摯的關係。

7　對稱法則

在文學場域中，「詩窮後工」似乎捕捉了某種創作趨向，說明

---

31 同前註，頁15。

32 《夢窗詞全集箋釋》，頁200。

生命的破碎正是一生的動力所在，畢竟人在生命低谷時所受的苦痛，往往激發豐沛的創作能量。因此，詞中「哀情」的展示，夢窗以「對稱法則」凸顯。夢窗詞的淒楚之情，總源自「今昔反差」的罅縫中，透過極言往日之美好，來深化當下的哀情，進而凸顯情感層次，巧妙使用「對稱性」詞彙表達自己的內心落差，例如「春寬夢窄」、「幽蘭漸老，杜若還生」之「寬／窄」、「老／生」都是相關法則之用。如此，更可以彰顯詞人內心的落寞，認清美好過往已逝，往事只能追憶此一事實。

五　結語

〈鶯啼序‧殘寒正欺病酒〉的篇幅寬闊，意象連繫繁複，歷代學者多有論述。本文中，筆者梳理了詞評家的論述共性，並以「大開大闔」與「綿密醇厚」分別說明此作在篇幅與情感的設計，同時加以比較，呈現不同論者的各自觀照。

夢窗善於「對比差異」，此肇因於意念與感官的衝突：夢窗腦中所想是曾經的美好，目光所及卻是衰頹的殘缺，一再遭受情感裂變的打擊，反成了創作的寶庫。因此筆者以格式塔學派完形理論的七種法則進行理解，將此闋鴻篇的意旨與藝術技法展現，包含場景轉移之意義，心境營造之技巧，進行相當程度的闡釋，以此詮解夢窗筆法的細緻所在，並在意象系統中照見潛伏於文辭下的情思，開拓筆下的隱藏空間，凸顯出夢窗的創作用心。儘管同一詞作在不同的鑑賞視角下各顯風貌，但以格式塔理論進行理解，可以在前人論述的基礎上處理得更加完備，也更有理論支撐，希望能夠為夢窗詞的研究帶來不同的欣賞視角。

參考文獻

一 古籍

〔元〕脫脫等撰：《宋史》（北京：中華書局，1977年）。

〔清〕永瑢撰、王雲五主編：《四庫全書總目提要・四十冊》（長沙：商務印書館，1939年）。

二 近人著作

夏承燾：《夏承燾集》第1冊〈吳夢窗繫年〉（杭州：浙江古籍出版社、浙江教育出版社，1997年）。

吳文英：《吳文英詞新釋輯評》（北京：中國書店，2007年）。

上海辭書出版社文學鑒賞辭典編纂中心編：《吳文英詞鑒賞辭典》（上海：上海辭書出版社，2016年）。

況周頤著，孫克強導讀：《蕙風詞話》（上海：上海古籍出版社，2009年）。

葉嘉瑩：《南宋名家詞講錄》（天津：天津古籍出版社，2005年）。

葉嘉瑩：《唐宋詞十七講》（石家莊：河北教育出版社，1997年）。

楊鐵夫箋釋：《夢窗詞全集箋釋》（臺北：學海出版社，1974年）。

馬志嘉、章心綽編：《吳文英資料彙編》（北京：中華書局，2006年）。

謝維揚、房鑫亮主編：《王國維全集第一卷・人間詞話》（杭州：浙江教育出版社，2009年）。

唐圭璋選釋：《唐宋詞簡釋》（北京：人民文學出版社，2010年）。

唐圭璋：《宋詞記事》（上海：上海古籍出版社，1982年）。

王鵬、潘光花、高峰強：《經驗的完形——格式塔心理學》（濟南：
　　　山東教育出版社，2009年）。

〔美〕庫爾特‧考夫卡（Kurt Koffka）著；李維譯：《格式塔心理
　　　學原理》（北京：北京大學出版社，2010年）。

〔德〕庫爾特‧考夫卡（Kurt Koffka）著；黎煒譯：《格式塔心理
　　　學原理（上、下）》（杭州：浙江教育出版社，1999年1月
　　　第3次印刷）。

三　期刊論文

孫克強〈以夢窗詞轉移一代風會——晚清四大家推尊吳文英的詞學
　　　主張及意義〉，《河南大學學報（社會科學版）》47卷4期
　　　（2007年7月）。

通識教育叢書・通識課程叢刊 0202007

潘麗珠詞學研討之完形理論篇

主編審閱　潘麗珠

作　　者　潘麗珠、陳俊霖、林慶彥
　　　　　謝　茵、陳鼎崴

責任編輯　楊佳穎

實習編輯　吳秉容

發 行 人　林慶彰

總 經 理　梁錦興

總 編 輯　張晏瑞

編 輯 所　萬卷樓圖書股份有限公司
　　　　　臺北市羅斯福路二段 41 號 6 樓之 3
　　　　　電話 (02)23216565
　　　　　傳真 (02)23218698

發　　行　萬卷樓圖書股份有限公司
　　　　　臺北市羅斯福路二段 41 號 6 樓之 3
　　　　　電話 (02)23216565
　　　　　傳真 (02)23218698
　　　　　電郵 SERVICE@WANJUAN.COM.TW

香港經銷　香港聯合書刊物流有限公司
　　　　　電話 (852)21502100
　　　　　傳真 (852)23560735

ISBN　978-986-478-787-6

2023 年 1 月初版

定價：新臺幣 300 元

本書為臺灣師範大學國文學系 2022 年度
「出版實務產業實習」課程成果。部分編
輯工作，由課程學生參與實作。

如何購買本書：

1. 劃撥購書，請透過以下郵政劃撥帳號：
　帳號：15624015
　戶名：萬卷樓圖書股份有限公司

2. 轉帳購書，請透過以下帳戶
　合作金庫銀行　古亭分行
　戶名：萬卷樓圖書股份有限公司
　帳號：0877717092596

3. 網路購書，請透過萬卷樓網站
　網址 WWW.WANJUAN.COM.TW

大量購書，請直接聯繫我們，將有專人為您
服務。客服：(02)23216565　分機 610

如有缺頁、破損或裝訂錯誤，請寄回更換

國家圖書館出版品預行編目資料

潘麗珠詞學研討之完形理論篇 / 潘麗珠，陳
俊霖，林慶彥，謝茵，陳鼎崴合著 ; 潘麗珠
主編. -- 初版. -- 臺北市 : 萬卷樓圖書股份
有限公司, 2023.01　面 ;　公分. --（通識
教育叢書. 通識課程叢刊 ; 202007）
ISBN 978-986-478-787-6(平裝)

1.CST: 宋詞 2.CST: 詞論 3.CST: 完形心理
學 4.CST: 文集

820.9305　　111019654